感恩书系·中学部分

国家新闻出版总署
向全国青少年推荐的百种优秀图书

U0670131

让中学生学会
感恩社会的 100 个故事

总主编：滕刚

花山文艺出版社

图书在版编目(CIP)数据

让中学生学会感恩社会的 100 个故事 / 刘宏武，李婉枚
主编.石家庄：花山文艺出版社，2008.6（2021.6 重印）
（感恩书系 / 滕刚主编）
ISBN 978-7-80755-371-7

Ⅰ.①让... Ⅱ.①刘... ②李... Ⅲ.①故事—作品
集—世界—现代 Ⅳ.① I14

中国版本图书馆 CIP 数据核字（2008）第 074459 号

丛 书 名：**感恩书系**（中学部分）
总 主 编：滕　刚
书　　名：让中学生学会感恩社会的 **100** 个故事
主　　编：刘宏武　李婉枚

策　　划：张采鑫
责任编辑：于怀新
特约编辑：李文生
责任校对：李　鸥
全案设计：北京九洲鼎图书有限公司
出版发行：花山文艺出版社（邮政编码：050061）
　　　　　（河北省石家庄市友谊北大街 330 号）
销售热线：0311-88643221
传　　真：0311-88643234
印　　刷：永清县晔盛亚胶印有限公司
经　　销：新华书店
开　　本：710×1000　1/16
印　　张：10
字　　数：155 千字
版　　次：2007 年 6 月第 1 版
　　　　　2021 年 6 月第 2 次印刷
书　　号：ISBN 978-7-80755-371-7
定　　价：29.80 元

（版权所有　翻印必究·印装有误　负责调换）

PREFACE
懂得感恩的人是幸福的人 ○张丽钧

第一次听欧阳菲菲唱那首《感恩的心》，是在热闹的大街上。在那动人的歌词和旋律面前，我不由得停下了脚步——"我来自偶然，像一颗尘土，有谁看出我的脆弱？我来自何方？我情归何处？谁在下一刻呼唤我？天地虽宽，这条路却难走，我看遍这人间坎坷辛苦。我还有多少爱？我还有多少泪？要苍天知道我不认输！感恩的心，感谢有你，伴我一生，让我有勇气做我自己。感恩的心，感谢命运，花开花落，我一样会珍惜。"不知为什么，就特别喜欢这首歌，仿佛那是从我心窝里掏出来的句子和调子。在这不期然的相遇面前，我感慨良久。

后来，我所在的学校和本市聋哑学校结成了友好学校。我们的学生和那些聋哑学生一起学会了《感恩的心》的手语表达。当我看到那些听不见旋律、唱不出歌词的孩子动情地和我的学生们一起用手语演唱《感恩的心》的时候，我和台下的观众都禁不住泪流满面。在我们这些健全的人看来，那些孩子最应该诅咒命运的不公，因为瞎了眼的命运女神残忍地把他们打入了一个死寂的世界。但是，他们非但没有诅咒，还怀了一颗可贵的感恩之心。看到他们面带微笑地打出"感恩的心"这句手语，我为自己心底隐藏着的怨尤与懊恼感到羞耻。

懂得感恩的人是幸福的人。

感恩，应该成为我们的一门必修功课。

让人遗憾的是，太多的人没有修好这门功课。幸福的生活，把多少"小太阳"娇宠成了"豌豆上的公主"！——爱是那一层又一层的柔软褥垫，但是，仅仅是最下层那一颗小小的豌豆粒，就惹得睡在上面的"公主"抱怨不已、叫苦不迭。被生活亏待的人，莫过于那些身体有残障的人，可就连他们都可以带着灿烂的笑用手语演唱《感恩的心》，我们这些健全的人，还有什么理由不由衷地向生活致谢呢？

　　"天恩浩荡"，我喜欢把这个"天"字理解成造就了我们、滋养了我们的一切爱与美。乳香与麦香，茶香与花香，墨香与书香……这些香殷勤地熏香了我们的生命，使我们越来越健壮也越来越温文，越来越丰富也越来越美丽；难道，我们不应该向着这慷慨的赐予深深感恩吗？

　　集盲聋哑于一身的海伦•凯勒曾经问一个从森林里归来的人：你在森林里看到了什么？那个人沮丧地耸耸肩说：森林里有什么好看的？海伦为他的这个回答感到非常意外和遗憾，因为在她看来，那人白白地拥有了一双明亮的眼睛和一双聪敏的耳朵。森林里有那么斑斓的色彩，他却视而不见；森林里有那么动听的鸟语虫鸣，他却充耳不闻。他可怜的心灵失明了、失聪了，所以他才作出了那样令人遗憾的回答。有时候，我们也会犯类似的错误啊！面对自然的秀色，面对亲友的温情，我们常会患上一种叫做"麻木"的疾病，因为可以日日坐享，便不再将珍奇视为珍奇。每天，我们住在爱里却浑然不觉，把一切幸福的拥有理解成了理所应得。对爱麻木的心，最容易被怨恨蛀蚀，而充满了怨恨的人生往往是与成功无缘的。

　　想想看，我们赤身来到这个世界上，是什么让我们成为了现在的自己？巴金说过这样一句话：我们不是单靠吃米活着。他说得多好！我想说，我们其实是啜饮着"爱"长大的啊！仅仅懂得被动地领受爱，证明你还远未长大；能够被这爱深深感动，证明你已摆脱了那个幼稚的自我；而把这爱理解为一种伟大的赐予，并努力去回报这爱，证明你已走向了真正的成熟。

　　所以，我愿意借这本书给我深爱的孩子们一个提醒：请认真学好"感恩"这门必修课，因为感恩的过程就是心灵提纯的过程。懂得感恩，你就能拥有幸福，并让爱你的人感到幸福；懂得感恩，你就能成为一个受欢迎的人，"机会"就愿意与你牵手；懂得感恩，你就能"有勇气做我自己"，你的生命之树就容易结出成功的果实。

　　愿你和我一样爱上那首《感恩的心》，不管心空是阴是晴，让我们一起轻轻地唱："……感恩的心，感谢命运，花开花落，我一样会珍惜。"

目录
CONTENTS

此情可与你分享 {DI YI JI} 第一辑

感恩是我们生活中永恒的话题,它使渺小的生命变得伟岸,使伟大的生命甘于平凡,使世界弥漫着爱和善良的馨香……

同在一片蓝天下,我们应该共享人间的种种美好。用感恩唤起我们的恻隐之心和社会责任心,关注弱势群体,关心公益事业,做一些力所能及的事来回报社会。学会感恩,热爱生活,我们将会感受到更多会心的微笑。

目录
CONTENTS

目录
CONTENTS

心相连，爱无痕　　《DJ SAN JJ》第三辑

有的人不懂得感恩，那是因为他们还没有亲历过在他人的帮助下战胜困难的幸福。

在人生旅程中，我们会遇到很多困难。我们战胜那些困难，往往得益于他人的帮助，只不过，"他"有时是我们的亲朋好友，有时是不曾相识的路人；只不过，那些帮助有时是风雪中为我们送来的炭火，有时是看似微不足道却给予我们温暖和力量。

感谢那些向我们伸出援手的人。而最好的感谢，就是用爱心和行动去抚慰周围需要帮助的每一个人，把感恩、互助的种子播进每一个心灵。

目录
CONTENTS

第四辑 你是上帝派来的天使

　　陌生人是我们未曾同窗过的同学,是我们未曾共事过的同事,是我们未曾谋面的朋友。我们都是大自然的孩子,所以陌生人还是我们尚不熟悉的亲人和兄弟姐妹。

　　其实生活很轻松,沉重的是人的情感;其实社会很简单,复杂的是人的思想。帮助别人、方便别人也就是帮助自己、方便自己。当我们彼此不再陌生时,我们的生活会是什么样的呢? 误解的冰川一旦融化,便是春暖花开。

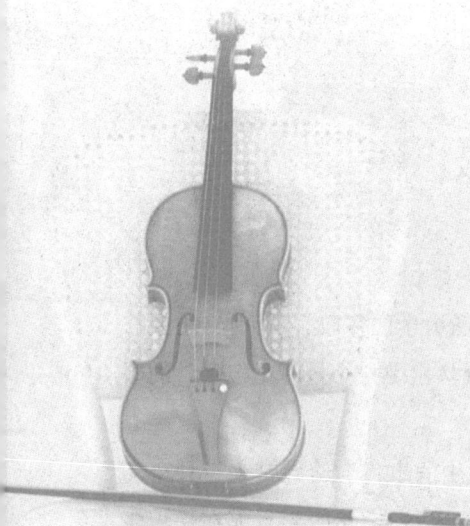

此情可与你分享

感恩是我们生活中永恒的话题，它使渺小的生命变得伟岸，使伟大的生命甘于平凡，使世界弥漫着爱和善良的馨香……

同在一片蓝天下，我们应该共享人间的种种美好。用感恩唤起我们的恻隐之心和社会责任心，关注弱势群体，关心公益事业，做一些力所能及的事来回报社会。学会感恩，热爱生活，我们将会感受到更多会心的微笑。

不要忽视对陌生人的关爱，也许就在不知不觉中我们让天使快乐起来了。

让天使快乐起来

◆张　辉/译

这只是一个很普通的日子。我的妻子是一所大学的行政管理人员，主要与宿舍管理员及学生们打交道。对她来说，学生突然出现打个招呼是很平常的事情。

然而，这又是一个特殊的日子，因为这天发生的事将会给她带来一种全新的东西。临近下班时，她坐在桌前做着一些案头工作，突然听到有人在怯生生地笑。她抬头看了看，被所看到的东西吓了一跳。

这不是通常造访她办公室询问宿舍生活问题或是抱怨舍监的学生。站在办公室门口的是一个很矮的黑人男孩，不论怎么看，他都不能说是长得体面，他有明显的先天缺陷。

他非常矮小，当挂着木杖站着的时候，脸看起来多少有些变形。很明显，他的视力也很弱。尽量保持着镇静，我妻子问他："你好，我能帮你做些什么吗？"

他微微一笑，回答道："不用，夫人。我只是想来校园里交些朋友，但是大多数人都不愿与我交谈，我想他们一定是被我的样子吓到了。"

为了尽量使自己的回答委婉，我的妻子说："才不是这样呢！我就没有被你吓到，你看起来很好。"当他把背包放到地上时又咯咯笑了。我妻子问他："你的宿舍有什么问题需要我帮忙吗？"

"没有，夫人。我并不是学生，我背着这个包，是为了看起来像个学生，以便有人愿意和我交谈，和我成为朋友。但我觉得这个包并没怎么发挥作用，因为没有人愿意与我谈太久。我来到校园里,是因为这里人多,我想交朋友。"

当她注视他时,她的眼睛开始湿润了。她拼命控制自己的情绪,害怕这个男孩以为她对他的处境感到遗憾。谈话继续着,他向她说了一些自己的事情;她则向他讲述了更多自己生活中以及与学生打交道过程中的事情。

他的笑声很有感染力,他的天真无邪非常令人愉快。在她知道自己的这一感受之前,她意识到自己已不像刚开始时那样看他了。"噢,我想我已经浪费您很长时间,我最好该离开了。您一定有比跟我谈话更重要的事去做。"他说道。

当他弯腰准备从地上捡起自己的背包时,她的眼泪再一次涌出。但是这次的泪水不再是对他处境的同情,而是出于对他那令人难以置信的勇敢的尊敬。控制住泪水,她说:"你是我见过的最友好、最帅气的小伙子。答应我你会再来,跟你谈话让我非常愉快。能答应我吗?"

他微笑了一下,不自然地朝下看了看,然后说:"好的,我答应您,我会再来,可是爬楼梯对于我来说很艰难。夫人,我能问您一个问题吗?" "当然可以,你想知道什么?"妻子站了起来,她想在他离开前握握他的手。

他静静地站在那儿,朝着她的方向看了过去,问道:"您刚才说的是真的吗?"没有任何犹豫,她立刻回答:"是真的,那是我所说过的最真实的话!"他拿好他的木杖,准备离开,突然停下来又朝她的方向望去。

"我不能很清楚地看见您,但是在我的生命中,我第一次相信了别人。谢谢您跟我交谈,并做我的朋友。我会再来的,我现在开始相信别人啦!"他一边慢慢地走出她的办公室,一边咯咯地笑着,并轻轻地说着"我相信"。

不要忽视对陌生人的关爱,也许就在不知不觉中我们让天使快乐起来了。

感恩提示

《让天使快乐起来》为我们讲述了一个温情而又令人深思的故事。

说它温情,是因为文中的妻子,面对外表丑陋的黑人男孩,没有嫌弃他,而是给了他毫无掩饰的关爱。这种爱表现出了极大的尊重,让那个前途暗淡的黑人男孩看到了生活的美好,感受到了陌生人的温暖。

令人深思的是,这个黑人男孩真切渴望与人交流的过程中,因为先天性缺陷,遇到的更多是冷冰冰的拒绝、是无情的伤害。我们可以想见,在一次又一次遭遇冷漠时,男孩受到了何等的打击。幸好他是坚强的,幸好他遇到了"我的妻子"。她用尊敬换来了尊敬,他用真诚赢得了真诚。

学会关爱别人吧,尤其是那些弱势群体,这可以彰显我们对生命的尊重。

记住一句话,爱从尊重开始。

(王　辉)

带我到你的住处去,我想见见你的父母和你生病的弟弟,看看我是否拥有你们需要的奇迹。

一美元购买的奇迹

◆[美]亚历山大

小女孩苔丝走进卧室,从橱柜里拿出一个玻璃瓶。她把瓶子里所有的硬币都倒在地板上,仔细地数了3遍。然后,她小心翼翼地把这些硬币放回瓶中,拧上盖子,从后门悄悄地溜出去,穿过6个街区,来到雷氏药剂店。

苔丝还没有柜台高。她对着药剂师挥了挥小手,希望引起他的注意,却无济于事。她大声咳嗽了两声,并使劲跺了两下脚,可仍不管用。最后,她拿出一枚硬币在柜台上敲起来。这次终于奏效了。

"你到底要干什么?"药剂师转过头来,不耐烦地问。还没等苔丝出声,他又大声呵斥道:"没看见我正在和我弟弟谈话吗?他刚从芝加哥来,我们已经多年没见面了。一边去,别来烦我们!"

"但我想跟您谈谈我的弟弟,"苔丝严肃地回敬道,"他真的病得很重,我想为他购买一个奇迹。"

"你说什么?"药剂师有点被这个小女孩弄糊涂了。

"我的弟弟叫安德鲁,他脑袋里长了个东西,爸爸说现在只有奇迹才能救他。请问,一个奇迹卖多少钱?"

"我这里不卖奇迹,小妹妹。很抱歉,我帮不了你。"药剂师的语气明显缓和了许多。"

"听着,我有钱支付,如果钱不够,我会想办法补上的。您只管告诉我奇迹值多少钱?"

这时,药剂师的弟弟——一位从芝加哥远道而来、衣冠楚楚的绅士,忽然弯下腰,向身边的小女孩问道:"你弟弟需要哪种奇迹?"

"我不知道。"泪水从苔丝的眼中夺眶而出,"我只知道他病得很重,妈妈说他需要动手术,但是爸爸出不起钱,所以我想用我的钱……"

"你有多少钱?"那位来自芝加哥的绅士问道。

"1美元11美分。"苔丝低声答道,"我总共就这些,不过如果不够,我可以再攒的。"

"那真是太巧了!"绅士微笑着说,"这正好是为你弟弟购买奇迹的价格。"他一手拿过苔丝的玻璃瓶,一手握住她的小手说,"带我到你的住处去,我想见见你的父母和你生病的弟弟,看看我是否拥有你们需要的奇迹。"

那位衣冠楚楚的绅士正是卡尔顿·阿姆斯特朗博士,他是芝加哥非常有名的神经外科医生。他为安德鲁进行的手术确实是一个奇迹。

而这个"奇迹"的价格出乎人们的意料——只有1美元11美分。

感恩提示

可能每个人都在盼望着生活中出现一些奇迹,那种盼望就如守株待兔一般。这个故事用一个小女孩的悬念,讲述了一个奇迹的发生。情节层层递进,结局出人意料,也让人欣慰。

苔丝真的用1美元11美分购买到了奇迹,她对弟弟的爱,她的善良,终于打动了另一颗善良的心。两颗善良的心,创造了冷漠世间的一个传奇。小女孩用自己的执着,为弟弟奔波,她的心纯净如水,阿姆斯特朗博士悲天悯人,他的心宽厚慈悲。他们是奇迹的缔造者,也唯有他们,才能创造奇迹。

而且,这个故事让我们看到了一种希望:世界并不是我们想象的那样冷漠无情,美好依然无处不在,只要我们有一双明净的眼睛,一颗善良的心。

(王 辉)

5 号病房里的天使

◆朱成玉

罗琳是澳大利亚唐人街上一家医院的年轻护士,性格开朗活泼,她热爱自己的职业,喜欢别人叫她"白衣天使"。她的脸上时时刻刻都洋溢着温暖的表情,因此,她去过的每一个病房,便都有了春天的气息。

"嘿,你今天还好吗?"她会装作若无其事地和重症患者打招呼,病人笑了,虚弱的脸上慢慢浮现出阳光的颜色;她会从家里捧来一大堆好看的彩色故事书,给那些生病的孩子们看。童话看多了,孩子们就时不时地管她叫"天使阿姨",每一次她都欢快地应着;有时,她干脆坐下来,忙里偷闲地和那些生病的女人们唠唠家常,恨不得连做饭的技巧都互相交流下。她心软,感受到患者的疼痛和哀伤,就会在心底偷偷地流泪,所以她尽量用自己无微不至的关爱,减轻他们的疼痛。

罗琳清清楚楚地记得自己第一天上班的样子,紧张得要命。给患者打针的时候,总是找不到血管,急得她眼泪在眼眶里直打转。有些善良的患者就会安慰她,"别着急,慢慢来",她的心立刻就被感动塞得满满的,于是,她发誓,一定要好好回报这些可爱的患者们。

圣诞节到了,罗琳从家里出来,心情愉悦地去上班。大街小巷弥漫着浓浓的温情,尤其是各个商店的门口,服务人员穿着圣诞老人的服装,拎着袋子,为路人派发着各种小礼物。而此刻,罗琳的手里同样也拎着一个袋子,那里面是她早已为她的患者们准备好的一些小礼物。礼物都是些形象各异的充满喜气的小工艺品,还有形形色色的糖果!

她把这些小礼物一一送给了她的患者们,患者们回报给她深情的拥抱和亲吻。其实她不知道,她的微笑就是送给患者们最好的礼物。

她有一个特殊的礼物,要送给一个特殊的病人。想到这里,罗琳便有些心事重重起来,因为5号病房里,有一处阳光照不到的角落。那里有一个小男孩,是个孤儿,在路上晕倒的时候被好心人送到了医院,他得的是白血病。

入院7天之后,医院决定要放弃治疗。现在,医生们正准备拔除男孩身上输液用的插管。

"明天,明天再拔行吗?"在院长办公室里,罗琳带着哭腔央求道,"今天是圣诞节,让孩子快快乐乐地过完它吧。"

"医院不是慈善机构。"这是柔软的罗琳碰到的冷冰冰的墙,她的眼里不禁流出了泪水。

她不敢面对那个孤苦无依的孩子,一直挨到傍晚的时候,她心情沉重地来到5号病房,来到那个瘦小的患者身边。

"阿姨,他们拔掉了我身上的管子,是我的病要好了吗?"男孩气若游丝,轻轻地问她。

"是的,圣诞快乐!"罗琳带来了她的礼物,一只可爱的小布熊。

"小熊真可爱!谢谢阿姨。"男孩高兴地说,转而又无限忧伤起来,"可是,圣诞老人恐怕没有给我带来什么好消息吧?"

"不,"罗琳说道,"今天他太忙啦,还没来得及看你。你知道,圣诞老人很喜欢助人为乐,到处去做好事,满足很多人的心愿。可是他自己忙不过来,他需要找一些帮手,所以他的身边总是围着很多长着翅膀的小天使。每年的圣诞节,他都要到人间来选一些又可爱又能干的孩子做他的天使,帮他到人间做好事。"

"我会被选中吗?"男孩瞪大了眼睛,充满期待地问。"一定会,因为你是最棒的。"罗琳强忍着泪水,微笑着对男孩说,"所以你要早点睡,养足精神,等着去做天使,跟圣诞老人一起去派发礼物。"

窗外,夕阳满天。最后一束阳光抖擞着身子,从窗帘的缝隙间拼命地挤进来,照着男孩的脸和他怀里的小布熊。

男孩和她道了声"晚安",然后就睡下了,再没有醒过来,嘴角一直留存着甜甜的微笑。只有罗琳一个人知道,那微笑是用一个谎言编织出来的,那微笑里藏着一个关于天使的虚无缥缈的梦。

而那个谎言，是关于死亡的最美丽的解释。

感恩提示

护士常常被人们称做"白衣天使"，我想，这绝不仅仅是因为她们总是穿着白色的衣服，更因为她们脸上总是洋溢着天使一般的微笑，因为她们对病人无微不至的关怀、呵护和体贴，能让人感到温暖和亲切，能减轻患者的疼痛和哀伤。

在《5号病房里的天使》这个故事中，年轻护士罗琳就是这样的一位天使。对于身患绝症的小男孩来说，还有什么比死亡更令他感到恐惧和悲哀的？但天使罗琳却用一个美丽的谎言，领着小男孩走出了阴影，让他嘴角带着甜甜的微笑，在夕阳下安详地离开这个世界。

"那个谎言，是关于死亡的最美丽的解释。"的确是这样的，因为它凝结着罗琳小姐一颗天使般善良、柔软的心！

（田　野）

我现在不仅每天爬14级台阶，还尽量给人一些小小的帮助。或许有一天，我会给一个坐在车里像我一样在心灵上有盲点的人换轮胎。

14 级 台 阶

◆小　月

人们说猫有9条命，我倾向于认为这是可能的，因为我现在活的是第三次生命，而我不是猫。1904年11月的一个晴朗、寒冷的日子，我开始了我的第一次生命。我成了一个务农家庭8个孩子中的第6个。我15岁时父亲去世，我们全家都得为生计艰辛奔忙。孩子们长大后，一个个结婚出嫁，只剩下我和一个姐姐来照顾妈妈。她晚年时瘫痪，60多岁就去世了。我姐姐不久就嫁了人，我也在当年结了婚。

这时我开始享受我的第一次生命。我非常幸福，非常健康，而且是一名相当出色的运动员。我们有两个可爱的女儿。我在圣何塞有份满意的工作，在半岛北部的圣卡洛斯有幢漂亮的房子。生活是称心如意的梦想。但好景不长，美梦中断了。我得了缓慢发展的运动神经病，先是我的右臂和右腿活动受阻，而后是左侧。我的第二次生命就此开始……尽管我有病，但是借着安装在车里的特殊设备，我仍然每天开车上下班。我设法保持健康和乐观，从某种程度来说，是缘于14级台阶。

在说疯话吧？完全不是。我们的房子是个错层式建筑，从车库到厨房门有14级台阶。这些台阶是生活的标尺，是衡量我的标准，也是我继续生存的挑战。我认为哪一天要是我不能提起一只脚登上一级台阶，再费劲地拖上另一只脚——如此重复14次直到精疲力竭，那我就完了——那时我只能承认我失败了，可以躺下来等死了。因此，我坚持工作，坚持爬那14级台阶。时光荏苒，两个女儿上了大学，相继幸福地结婚成家，只剩下我们夫妻俩相濡以沫，守居在有14级台阶的漂亮家中。

你们或许会想，在这里行走的是个有勇气和力量的人，事实并非如此。这里行走的是一个痛苦地失去理想的一瘸一拐的残疾人，一个因为那从车库通向后门折磨人的14级台阶才保持精神正常，没有失去他的妻子、房子和工作的人。随着年龄增长，我变得更失望和沮丧。

后来，1971年8月的一个黑夜，我开始了我的第三次生命。那天晚上起程回家时在下雨，我缓慢地沿着一条不经常走的路开着车，天刮起阵阵劲风，急剧的雨点直落在车上。突然间，手中的方向盘跳动起来，车子猛烈地朝右侧转去。同时，我听到可怕的轮胎爆裂的声音。我费劲地把车停在因雨水而湿滑的路肩上，在这突如其来的严峻情况下，我呆坐在车里。我不可能更换轮胎！根本不可能！可能有辆过路的车会停下来，这个念头一闪即逝。人家为什么就该停车呢？我知道我也不会。我想起离开支路不太远有幢房子。我开动了发动机，车子慢慢摇晃着顺着路肩朝前蠕动到土路上，谢天谢地，在那儿我拐了上去。透着灯光的窗户把我迎向房子，我开上车道，按了喇叭。

门开了，一个小女孩站在那儿，费力地看着我。我摇下车窗，大声说我的轮胎爆了，需要有人帮我换掉它，因为我是个用拐杖的残疾人，没法自己动手。女孩进了屋，一会儿又出来，裹着雨衣，戴着帽子，后面跟着一个男人，他高兴地向我问候。我舒舒服服地坐在车里，一点儿没淋湿，而那男人和小女孩在风雨交加的夜晚这么辛苦地干，我感到有点儿歉意。反正，我会给他们钱的。雨像是小点儿了，我把车窗一直摇下看着车外。我觉得他们干得特别慢，我开始不耐烦起来。车后传来金属碰撞声和小女孩清晰的说话声："爷爷，这是千斤顶把手。"那男人低沉的喃喃声回答了她。千斤顶顶起车子时，车身慢慢倾斜。随后是好一会儿声响、晃动和从车后传来的低声话语，但是轮胎终于换完了。移开千斤顶时，我感觉到车子落地时的颤动；我听到关行李箱盖的声音，而后他们俩站在车窗旁。

　　那男人年迈，弯腰曲背，身穿油布雨衣，显得身体虚弱。我猜那小女孩大约8岁或10岁，有一张喜气的脸，看我时笑容满面。他说："这种糟糕的晚上车子有麻烦真够戗，不过现在你没事了。""谢谢。"我说，"我该付你多少钱？"他摇摇头："不要钱。辛西娅告诉我说你是个残疾人——用拐杖的。能帮上忙我很高兴。我知道你也会为我这么做。不要钱，朋友。"我伸手递出一张5美元的钞票。"不要！我不喜欢欠人家的。"他没有收下钱的意思，小女孩走近车窗，轻声说道："我爷爷看不见。"

　　在随后的几秒钟里，我呆若木鸡，那一片刻的羞耻和恐惧深深刺痛着我，我有生以来第一次对自己感到那么强烈的厌恶。一个盲人和一个孩子！他们在黑夜里用湿冷的手指在黑暗中摸找和触摸螺栓和工具——对那老人来说，这种黑暗可能将延续到他的生命结束。我不记得他们说了晚安离去后我在车里待了多久，但是足够我深刻反省，挖找一些令我不安的品性。我意识到我极端自怜、自私、漠视他人的需要和不为别人着想的品行。我待在车上，做了个祷告。

　　我现在不仅每天爬14级台阶，还尽量给人一些小小的帮助。或许有一天，我会给一个坐在车里像我一样在心灵上有盲点的人换轮胎。

如果我们顺着这 14 级台阶，一层一层向上看，也许我们看到的只是文中的"我"艰难的脚步。他用一条不堪重负的腿，支撑着另一条已经残疾得没有知觉的好腿，在生命中踽踽前行。他勇敢、坚强，和妻子一直努力着，把女儿送进了大学，把生命像猫一样推到了他所认为的第三条。于是，他心安理得，每天在合阶的第 14 级上略带得意地望着平地，想象着自己为此付出的努力，有些骄傲地歇■。

直到有一个雨天。是的，他应该感谢这个雨天，和车子所出的那次小事故，让他认识了一个眼睛看不到世界的爸爸，和一个眼睛和心灵一样明亮的 10 岁小姑娘。是他们，在雨中用善意点亮了这个拥有第三条生命的坚强者，并同时照亮了我们的眼睛和世界。那光芒如此耀眼，让我们灵魂的每一个角落里的尘埃都无处躲藏。当那位整日骄傲地在 14 层合阶上努力上下的强者也开始尽他所能地付出每一个善良的帮助时，我们四肢健全的人还能闲着双手吗？是不是得干点儿什么？

(邱　敏)

是姐姐把眼角膜移植给了妹妹，妹妹才终于见到光明——正如妈妈说的那样：姐姐把爱给了妹妹，妹妹会一天比一天漂亮。

每个孩子都是天使

◆苏龙美惠

路易莎不知道自己的父母在什么地方，从她记事起，她就待在圣彼得孤儿院。

孤儿院里有很多和路易莎一样的孩子。不过，在这群孩子中间，路易莎算最难看的了：她是兔唇，眼睛尽管大，但呆滞无光——从出生时路易莎就是一个双目失明的孩子。

圣彼得孤儿院位于美国肯塔基州的路易斯威尔教堂附近，这里的孩子几乎都被领养了出去。每次，当路易莎和自己的伙伴告别，她都会沉默而温顺地依偎在孤儿院院长身边——路易莎太丑了，领养的人很难相中她——这使她在孤儿院一待就是6年。

这天，孤儿院里来了一对夫妻，他们对院长说想领养一个最需要爱的孩子。院长叫出了路易莎——望着路易莎，那对夫妻的眼里写满慈爱，就像父母看到了自己的孩子。

路易莎被父母引着来到了新家。远远地，她听到了一阵悠扬的琴声。

"安妮雅，这是你的妹妹路易莎。"

琴声戛然而止，显然，路易莎的到来使安妮雅吓了一跳。

安妮雅是一个漂亮但患有先天性心脏病的孩子，尽管只有10岁，却经历了10次大手术。医生说她残缺的心时刻都有可能破碎——这使她一直休学在家，以琴声为伴。

安妮雅愣愣地望着路易莎，她几乎不敢上前拉路易莎的手。晚餐的时候，路易莎听到了安妮雅很轻微的声音："妈妈，你干吗给我找个这么丑的妹妹？"

"安妮雅，正是因为这样，路易莎才更需要爱——我相信，你把爱给了路易莎，她会一天比一天漂亮。"

尽管安妮雅对路易莎的丑陋很害怕，但是，路易莎却迷上了她的琴声。

这天，安妮雅又弹琴了，在这欢快的旋律中，路易莎情不自禁地朝音乐的方向走去。

突然"咣当"一声，在房间过道的地方，路易莎将安妮雅的奖杯碰落在地。

那是安妮雅在加州少儿钢琴大赛上获得的冠军奖杯！看到那些碎片，安妮雅伤心地哭了。

"妈妈，路易莎把奖杯摔碎了，她太笨了！"

当安妮雅对母亲艾伦哭诉时，艾伦很温和地抚摩着安妮雅的头发："孩子，荣誉属于过去，打碎了还可以争取回来，路易莎的笨拙是因为她的眼睛，她需要我们帮她找回光明。"

艾伦的规劝并没有使姐姐对妹妹产生好感，从此，安妮雅不允许路易莎走近自己。路易莎很难受，她发誓不再给家人添任何麻烦。在母亲艾伦的鼓励下，她慢慢学会了记住自己的步子,学会了摆放餐具、洗碗、编织东西、打电话……

那天早晨,路易莎没有听到安妮雅的琴声,她以为姐姐和妈妈一起去了超市。于是,她悄悄拿出送给安妮雅的礼物——她编织了将近半年的一个精美的钢琴坐垫。

从自己的卧室到安妮雅的钢琴只需要47步,路易莎慢慢地摸索着走去。突然,她摸到了安妮雅的头发——安妮雅扑倒在钢琴上了。

"姐姐,你怎么了?"路易莎大声地喊着,没有声音,路易莎吓坏了,她急忙摸到了电话。

安妮雅被抢救了过来,她睁开双眼,看到一脸焦灼的妹妹。艾伦告诉她是妹妹救了她,安妮雅将手伸向路易莎。"妹妹,"安妮雅第一次这样叫路易莎,"我教你弹琴好吗?"路易莎咧开嘴望着姐姐笑——兔唇使她的笑十分不自然。

安妮雅发誓:一定要让妹妹漂亮起来。

其实,收养了路易莎后,艾伦也想为女儿的眼睛和兔唇做手术。但是医生说,路易莎的眼睛属于先天性白内障,需要有人捐献眼角膜;唇裂现象十分严重,三瓣嘴唇向外翻着,挤掉了人中的位置,手术的花费比较大。

在这几年里,为了医治安妮雅的心脏,艾伦夫妇已经倾其所有,路易莎的手术一次次延后。

新一年加州少儿钢琴大赛再次拉开序幕。安妮雅准备参赛,她告诉艾伦,她要把路易莎打碎的那个奖杯夺回来,她要争取到冠军的奖金——这笔钱正好为妹妹做兔唇手术。

钢琴大赛上,安妮雅的琴声感动了所有的评委。尽管路易莎看不到姐姐的表演,但那熟悉的琴声和音乐厅传来的雷鸣般掌声告诉她,姐姐再次获得了成功!

……

在圣母马利亚医院里,路易莎感到一片洁白在眼前浮动,逐渐地,模糊的视线清晰起来:爸爸妈妈慈爱的脸;镜子里自己那只有一点小痕迹的漂亮嘴唇;树枝上飞来飞去的东西原来就是小鸟;鲜花可以有那么多美丽的颜色……她贪婪地看啊看,可是,她依然很失望:"妈妈,姐姐呢?"

艾伦哭了,她把路易莎抱在了怀里:"我的女儿,你的姐姐获得了大赛的冠军,但是,表演结束后,她就倒在钢琴上了,尽管医院竭力抢救,她还是飞向了天堂。"

看着姐姐和自己的合影，路易莎抽噎起来。

"路易莎，安妮雅其实和你一样，都是我们收养的孩子。当初，医生说她的心脏最多维持5年，她被孤独地遗弃在这个世界上，但是，这样的孩子才最需要关爱——安妮雅靠着坚强的毅力，创造了她生命的奇迹，也成为最年幼的钢琴家。"

"妈妈，这也是你们收养我的原因吗？"

"是啊，路易莎，只要我们给予爱，每一个孩子都是天使！"

是姐姐把眼角膜移植给了妹妹，妹妹才终于见到光明——正如妈妈说的那样：姐姐把爱给了妹妹，妹妹会一天比一天漂亮。

感恩提示

她拥有世间最大的不幸，兔唇、先天性失明、丑陋的容貌，所以，这一切使得连收养她的人都一直没有出现。好在，她终于有了一个家，还有一个会弹钢琴的姐姐，这几乎就是她最大的梦想了，天使似乎把好运一下子都给了她。

但是，我们从小到大这么久，天使的字眼儿听过了无数次，都知道天使穿着白衣裳，还长有一对漂亮的翅膀，但是有谁见过天使长什么模样呢？也许，姐姐是个天使，她的小心脏动过10多次的大手术，但是仍能在钢琴上弹出像天使歌唱一般的旋律。也许，孤儿院的阿姨们是天使，她们为每一个孩子都找到了温暖之源——家。也许，收养她的父母才是真正的天使，他们用最大的爱和宽容，收养了最需要爱的小姑娘。爱可以让每个人都变成天使。感谢把爱奉献给我们的人，也让我们用一颗爱心去回报他人回报社会吧！　　　　(邱　敏)

我挣来了再多的钱也买不到的尊重和温情，让我觉得自己活在这个世上还有些价值。

平民的餐馆

◆刘　华

老贾是做餐饮业的，在本城很有名气。他的名气不是因为他的资产在业界数一数二，也不是因为他的菜品有多么出色。

老贾的出名另有原因。

老贾有三家店。一家经营中餐，一家经营火锅，还有一家称为平民餐馆，这家平民餐馆其实是一家民工餐馆。老贾是这样经营的：早餐是馒头与稀饭，馒头两毛钱一个，稀饭不要钱。中餐与晚餐，店里最贵的菜是红烧肉与腌菜烧白，每份 3 块，其他的菜都是 1 块、8 毛和 5 毛，米饭不要钱。一到开饭时间，这个店里不但挤满了附近做工的民工，就是店外也站满了端着饭碗的人。嘴馋的和舍得掏钱的，要一份烧白，就着白花花的肥肉片，一个小伙子可以吃 5 大碗米饭；节俭惯了的，买一份 5 毛钱的醋熘白菜，白米饭也可以吞下两大碗……不用看账本，外行人也知道这饭店肯定亏本。虽然亏本，老贾却仍将饭店开下去。有人问他为啥亏本还要开，老贾说："我关了门，这些民工到哪儿吃饭？"

今年春节期间朋友们的聚会上，酒足饭饱，大家商量到什么地方去喝茶，老贾却吩咐服务员把桌上的菜全部打包。带饭菜已不是什么稀奇事，可老贾的包也打得太彻底了：汤里的鸡翅要捞起来，一只虾也要装进食品袋……大家先是笑，后来就开始调侃他。老贾不吱声，把所有的菜打好包放在自己面前后，说："这么多东西丢了真的可惜，都是劳动换来的呀。"桌上的笑声更大了。老贾不笑，认真地说:"我以前也不这样,是那些到我餐馆吃饭的民工给我上了一课……"

老贾说,他当初就是靠那家平民餐馆起家的。为了吸引顾客,当时他提出了菜价最高3块的经营方针。那时米不怎么贵,靠着卖菜搭饭的方式,赢得了许多回头客,他的第一桶金就是这样挖来的,借此开了后两家馆子。这些年,米价、菜价开始上扬,而且这家餐馆因为价格便宜,许多民工开始光顾,其他的顾客却越来越少。民工饭量大,又舍不得钱,5毛钱的菜可以吃好几碗饭,他当然赚不到钱了。他想关掉餐馆,可那些和他已成为朋友的民工半开玩笑地对他说:"贾老板,你这一关门,我们就再也吃不到这么好的饭菜了。"他说,我也没办法,米涨价菜涨价,只有你们不给我涨价,我当然只有关门了。民工们没说话,相互看看沉默一会儿走了。

老贾没想到,过了几天店里的伙计给他打电话让他过去。他赶去,看到店门口堆了两麻袋米,袋子上还有一张纸条,上面写道:"贾老板,这两袋米是我们几个自家地里种的,不值几个钱,你收下。"老贾拿着那张纸条,半天说不出话。后来,有民工回家再回工地,就有米送来。米虽然不多,可老贾每次都会感慨万千。他想查是谁送的,正吃饭的民工却说:"不用查了,本来就不值几个钱,和你开这家餐馆亏的钱就更不能比了。"可老贾不能白收人家的米,于是和那些来吃饭的民工商量,他们有米都可以送来,他收下记账算钱,当是他们的饭钱。

"所以说,那家餐馆是我那些朋友的家。一些民工走了,另一些民工又来了,说是某某介绍他们来的,告诉他们这里的老板绝对是个好人,不会占他们的便宜。有些民工换了打工的地方,来我这里吃饭不方便了,可隔两个月总会过来看看,说是就当回家。"老贾说,"你们去我的平民餐馆看看,每张桌子都干干净净,从来没有一点儿汤汤水水,盘子里从来没有一点儿剩菜,碗里更是从来没剩过一粒饭……"老贾有些激动,停一会儿才说:"不怕你们笑话,我每次看到那些干干净净的碗都特别感动。他们都知道我办这家餐馆挣不到钱,那些干干净净的碗就是对我的感激与回报……那家餐馆确实不挣钱,可那家餐馆我开得最愉快。我挣来了再多的钱也买不到的尊重和温情,让我觉得自己活在这个世上还有些价值。"

一桌人听着老贾的话都沉默了,有两个人看着自己面前碗里剩下的半碗饭,不好意思地笑笑,低下了头……

文章里这家平民餐馆，开始只是老贾经营的一个创意和策略，但随着人与人之间不断的交往和相互了解，却慢慢变成了那些民工们备感温馨的家园。在这家餐馆里，那些来吃饭的民工已经不再只是消费的客人，而是成了地地道道的主人。他们会不约而同地将大米扛到餐馆里，他们还会将饭菜吃得干干净净，他们更会感受到犹如家庭一般的温暖。可以这么说，最初是老贾和老贾的平民餐馆让那些来来往往的民工们寻找到了温馨的港湾；而到后来，那些民工对老贾和餐馆的回报，也同样让老贾感觉到一份家庭的温暖和情谊。平民餐馆是一座充满爱的家园，在那里，没有歧视没有白眼，有的只是互相尊重和无私的奉献与爱。平民餐馆更像一座充满了人间之爱的花园，人性温暖的花朵在里面绽放，人与人之间和谐友爱的奇葩在里面吐蕊。在我们的生活中，正是因为有了一座座这样的花园，我们的生活才会变得五光十色分外美好；也正是因为有了这样一座花园，人间的施恩和感恩，才会长盛不衰。　　　　（邱　敏）

黑夜笼罩着荒原，小车在漫天风雪中向远方疾驶而去。在这个最寒冷的季节里，有一种温馨的情愫正在那男人心中环绕。

一个惯盗的温馨冬夜

◆慕　诗/编译

傍晚，暴风雪已开始弥漫整个荒原。远远走来的男人衣衫单薄，在荒野里艰难地沿泥泞小路前行。看见前方小屋透出的光亮，他并不特别兴奋。前一天，他曾在沿途三个小镇请求过借宿，可主人一看到他的样子，要么找借口推托，要么连门都不打开。

男人叩了几下门。片刻，一个年轻妇人开门。她有些惊讶地问："是托马斯医生吗？我是和你通电话的斯丹妮太太，这么大的风雪，还以为你不能来呢。"

女人一边说话，一边伸出一只手试探着在空中摸索。男人心里松了口气——原来是个盲女，含糊地答应了一声。斯丹妮太太领他走到楼上的卧室，里面的摇篮里躺着一个小婴儿，面颊呈病态的绯红。从所有这些迹象，男人判定屋子里除了斯丹妮太太和这个婴儿，再没有其他人了。他心里有了个念头：太好了，也许我有机会干点儿什么。

当然，男人还记得斯丹妮太太对自己的称呼，便用手摸了摸孩子的额头。他尽量放缓语气说："孩子是有些发烧，不过没关系，我来想想办法。"说话时，他的眼睛扫视到堆在茶几上的几瓶消毒酒精和药棉。

起初，男人只打算用酒精擦拭孩子身体糊弄几下。然而，被男人粗糙的手触摸到的孩子忽然睁了一下眼睛，看见陌生的脸，竟然没有害怕，反而甜甜地朝他笑了笑。斯丹妮太太说道："她父亲是中学校长，为救两个溺水的学生死了。"男人脱口而出："小家伙笑得真可爱。"

斯丹妮太太很自豪地应道："她父亲在世时说那是天使的笑容。"听了这话，男人下意识地放轻了动作，仔细地擦孩子柔软的身体。大概闻到了酒精的味道，她问："怎么？不给孩子打针吗？"

男人张了张嘴，脑子飞快地转动着，解释说："孩子太小，这种方法要温和些。"酒精的退热作用很快就表现出来，孩子不再那么烫，甚至还吃了一点儿牛奶。斯丹妮太太开心极了，她摸索着下楼到厨房准备犒劳医生。

男人开始迅速地满屋子搜索，终于，在楼下小客厅壁柜顶的一只漆盒里找到一卷钞票。如果按他从前的习惯，一定会尽收囊中。这次不知为什么，拿钞票的瞬间他想起斯丹妮太太的小婴儿，迟疑片刻，把几张小面额钞票还回盒子里。

男人准备翻壁柜下边的一个抽屉时，客厅的电话忽然响了。他吓了一跳，刚想躲开，斯丹妮太太已经走进来。她背对着男人，语气依旧很和蔼："谢谢您惦记孩子的病。什么……请放心，我会照顾自己和孩子的。"

男人退出去的时候碰倒一把椅子。响声惊动了斯丹妮太太，她立刻顺着声音转过身，热情地说："啊，托马斯医生，晚餐就快好了。"男人听了，马上说："不用麻烦了。"斯丹妮太太摇头道:"这么大的雪,你根本走不了啊。"

这时,男人忽然望见窗外后院的车库,眼睛立刻一亮。他急忙问:"呃,太太,如果你家里有车的话,或许我能赶回去——要知道,还有别的病人在等着我。"斯丹妮太太恍然微笑起来,说:"我差点儿忘了,我丈夫有一辆车,不知还能不能开。"男人喜出望外,凭他的本事,把车摆弄好是不成问题的。就在男人准备走的时候,斯丹妮太太在身后叫住了他,说:"请等等,即便不吃晚餐,我也不能不付你的出诊费。"她一边说一边摸向放钱盒的壁柜。男人眼疾手快地冲过去,拦在斯丹妮太太面前说:"不必了,太太,我、我只不过尽了自己的职责。"斯丹妮太太虽然看不见,却能感觉到男人的坚持。她稍微想了想,伸手拉开壁柜的抽屉,拿出一样东西说:"那好吧,但我要送你一样小纪念品——它是我丈夫的遗物。"

斯丹妮太太边说边拿出一个做工精致的领带夹,看质地应该是纯银的,而且镶有美丽的珐琅绘花边。男人知道那应该还值一点儿钱,而且他能顺理成章地拿走。可是,他舔了舔嘴唇道:"不,我不能拿属于你丈夫的东西,它太珍贵了。"斯丹妮太太笑道:"我丈夫曾经是个浪子,在所有人都对他失去信心的时候,一个中学老师送给他这个领带夹,并说要求的唯一回报就是——自己把东西送给一个好人。"

男人听得出斯丹妮太太话里的意思:"你——对我起了疑心,是吗?"斯丹妮太太回答:"刚才朋友打电话来,说托马斯医生早上在出诊的路上摔断了腿。"男人奇怪地问:"既然知道一切,你还送我领带夹?"斯丹妮太太说:"从你照顾孩子的举止,我能感觉到你不是坏人。"

男人的鼻子酸了酸,他坦白说:"我是个才出狱的惯偷,很多人都对我充满厌恶和鄙视。只有你的孩子对我微笑,你对我毫无戒备。"斯丹妮太太安静地听罢,拉过男人的手,将领带夹塞过去说:"好吧,那我就把它送给一个重新开始做好人的人。"

这一次,男人没有推辞,他将领带夹放进贴身的口袋,然后对斯丹妮太太说:"赶紧把孩子包裹好,我开车送你们去最近的村子找医生——酒精退热只能维持一段时间。"

黑夜笼罩着荒原,小车在漫天风雪中向远方疾驶而去。在这个最寒冷的季节里,有一种温馨的情愫正在那男人心中环绕。

俗话说,浪子回头金不换。浪子回头是一种让人欣慰的结果,更是让人安心和庆幸的回报。而冒充医生的惯偷,则把"浪子回头"继续演绎,演出了一曲感激与回报之歌。

是的,当小偷遇到了一位需要帮助的母亲时,他也遇到了多年来第一个对他微笑的人——那个正在发烧的婴儿。他的微笑如同伸出了一只手,把一个一只脚踩到悬崖边的人一把拉了回来。还有盲人母亲,这是个善良得几乎透明的人,她的知而不揭露,同样是拉了小偷一把,这对母子合力把一个惯偷拉回到阳光弥漫的正路上。自然他们也得到了小偷的回报:在大雪弥漫的冬夜,惯偷(这时已经是回头的浪子了)开动了汽车,把母子载向了温暖的明天。

这是伸一只手的力量,这是感恩的力量,我们一起伸出双手,就会比什么都有力量!

(邱　敏)

我们始终全神贯注地看着杰克,谁也没有注意迈克和皮特。不过这会儿,我们都瞧见了他们,因为他俩不约而同地伸出手,想夺过那个包裹。

杰克的微笑

◆刘宇婷/编译

我年轻的时候在一个小厂工作,那阵子我刚认识迈克,他是个风趣的大块头,总爱开玩笑,搞些小恶作剧。迈克是头儿,有个叫皮特的总跟在迈克的屁股后头,工厂里还有个叫杰克的人,年纪比我们都大一些,他平时沉默寡言,从不凑热闹，也不惹是生非，3年来他一直穿着同一条打了补丁的裤子——他总是独自吃午饭，也不参与我们午休时的游戏。他似乎对什么都不感兴趣，只是一个人静静地坐在树下。自然而然的，杰克成了迈克捉弄的对象。

有时候，杰克会在饭盒里发现一只活青蛙，或是在帽子里发现一只死老鼠，不过他往往好脾气地一笑了之。

后来，有一年秋天，厂子里没什么活儿，迈克请了几天假去打猎，当然，皮特也跟去了。他们答应大家，只要捉到东西，人人都有份。所以，当我们听说迈克真的捉到一只大牡鹿时都兴奋不已。我们听说的还不止于此。皮特向来是个守不住秘密的人，他说他们要借此机会好好捉弄杰克一把。

迈克把牡鹿切成块，为每个人包了一包肉。不过，他特意留下了耳朵、尾巴和蹄子——当杰克打开这份特别的包裹时，那情景一定很好笑。

迈克在午休时分发了礼物，每个人都从他手里接过包裹，打开看看，然后道声谢。他把最大的包裹留到了最后，那是专为杰克准备的。迈克的表情看起来颇有些扬扬自得，而皮特简直忍不住要笑出声来。像往常一样，杰克独自远远地坐在大方桌的一角。迈克把包裹推到他伸手可及的地方。所有人都坐在那里拭目以待。

杰克向来少言寡语，3年来他说话从没超过100个字。所以，接下来发生的一切令人目瞪口呆。只见他把包裹紧紧抓在手里，慢慢站起身，对迈克露出了灿烂的笑容——这时我们才注意到他的眼里已泪光闪闪，他的喉结上下嚅动着，过了好一会儿，他才控制住自己。

"我知道你不会忘了我，"他感激地说，"我知道你会这么做的！虽然你爱开玩笑，但是我从一开始就知道你是个好心人。"

他说着又哽咽起来，接着他环视我们道："我知道我显得不太合群，可我从没有故意无礼，你看，我有9个孩子——还有一个患病的老婆，卧床不起已经4年了；而且永远都不会好了。有时候她病得厉害，我就不得不整夜照顾她。我的工资大部分都给她买药看病了，孩子们尽力帮我做事，但是有时候真的很难让他们填饱肚子。也许你们觉得我一个人偷偷吃饭挺可笑，其实，我想我是有点儿不好意思，因为我的三明治里不是总有东西可夹。就像今天，我的饭盒里只有一根生萝卜……我只是想让你们知道这包肉对我来说真的很重要，可能比在这里的任何人都重要，因为今晚我的孩子们……"他用手背抹去泪水，"我的孩子们能吃上一顿真正的……"

他极力控制着自己的情绪。我们始终全神贯注地看着杰克，谁也没有注意迈克和皮特。不过这会儿，我们都瞧见了他们，因为他俩不约而同地伸出手，想夺过那个包裹。但是太迟了，杰克已经打开了包，开始检视他的礼物。他查看了每一只蹄子，每一只耳朵，最后拎起那只尾巴，那只软弱无力地晃来晃去的尾巴。这情景本应很好笑，却没有人发笑——一个人也没有。

最让人难受的时刻是杰克抬起头，勉强挤出一个微笑，说谢谢的时候，在场的人谁也没有说话，只是一个接一个地站起来，走上前去，默默地把自己的包裹放在杰克面前。我们忽然意识到，和杰克比起来，这包肉对自己而言是多么微不足道……

因为自我封闭，杰克的境况没人能够知道。所以我们在责怪迈克爱捉弄人的毛病时，也许我们更该感谢他的活泼爱说笑，因为他的这些特点，无论是什么出发点，都是一种交流。况且，迈克的调侃和捉弄不代表他的本质，他是善良的，大家都是善良的，因为我们看到了那个温暖而感动的结尾。大家把自己的善良放在了一起，从而点亮了杰克的世界，让他的感激和回报在感动里酝酿。

所以，当杰克的微笑终于少有地出现在他脸庞上时，相信我们都会轻舒一口气。我们感谢迈克的善良，就像我们感激生活带给我们的所有感动。迈克和大家纷纷递给杰克的鹿肉就像一个特使，带着光明，一路扫荡了杰克的心海，温暖了杰克，也温暖了我们。我们都从中分享到了那种温暖，我们也会用感恩之心，把它传递给更多的人。

（邱　敏）

那一刻，我才真正明白，在我与这个男孩的头顶上，是同样一片美丽的天空，我们是平等的人。

同样美丽的天空

◆唐 玥

跟中医学院有些渊源的人几乎都知道，在这片不大的校园里，有一个智商低下的男孩子。

男孩儿看上去有十八九岁的样子，冬天总是穿一件蓝色羽绒服，夏天则是一件白大褂。虽然智商低于常人，又在学校里做保洁员工作，但他的衣服向来整洁，脸也还算干净——他一定有一位非常伟大的母亲（或者其他亲人），长期以来一直悉心照顾他。

我总能听见他在扫垃圾的时候一个人得意地唱起京剧；也总能看见，他在校园里开心地追逐那些从居民楼里溜出来的猫；高兴的时候，他就会毫无顾忌地大笑，笑声大得夸张。

同学们似乎都不太喜欢他，尤其是女生。大多数人总是习惯地对那些行为与自己有很大差别的人产生排斥和戒备。很遗憾，我曾经也是这样看待这个男孩儿的。有那么一次，当他试图和我交谈的时候，我像躲避瘟疫一样迅速地跑开了——我不知道，他是否也会像一个正常人那样感到自尊受辱，但我想他也一样渴望交流——那件事一直让我觉得很对不住他。

对他态度的转变，始于知道他的身世。

他是学校生化实验室里一位老师的孩子。据说，他之所以智力发育有问题，是因为那位老师在怀孕期间仍在实验室里进行课题研究，是过多地接触了化学药品的缘故。学校为了照顾这位老师及她的儿子，才留他在校园里打扫卫生。

面对这样一位伟大的母亲，我们还能过多地抱怨她儿子什么呢？从此以后，我不再反感他唱的京剧，不再厌恶他追逐小猫，也不再觉得他的笑声刺耳。这一切都被对那位母亲的尊敬，与对男孩儿的同情所取代了。

　　秋天来了，校园里的柿子树上挂满了红灯笼似的小柿子。每回从柿子树下经过，我总是忍不住停下，对着那些可望而不可即的小东西驻足观望。

　　"你想摘柿子，是吗？"背后突然有人很大声地问我。回过头，竟然是那个低智商的男孩儿——脸上带着傻笑——他一定不会记得我曾经给过他难堪，遗忘或许就是他最大的快乐源泉。

　　这一回我没有躲避他，而是十分友好地点头，这让他笑得更加开心。

　　"我可以用这根竹竿给你打下来一个。"说着，他亮出手里的"家伙"。

　　"看呀，掉下来一个了。"一个硕大的、红澄澄的柿子落在了柔软的草坪上。

　　男孩儿捡起柿子，一脸兴奋："还要吗，我再给你打一个。"

　　树上的柿子像橙红色的玉，美丽诱人的柿子呀！

　　又一个柿子落下来了，我想奔过去拾，可男孩儿却依然呆呆地仰望着——怎么了，他又要"犯傻"了吗？

　　"你在看什么？"我小心地问，我担心他会做出一些常人预料不到的事情。

　　"你看，这天多蓝多好看呀！"男孩儿很感慨地对我说，那语气里竟有一丝的智慧与成熟。

　　的确，在柿子树的上面，是深秋清透湛蓝的天空以及缥缈轻薄的浮云。曾几何时，我认为这样的景致只有心中有诗的人才懂得欣赏，今天却从一个智商低下的男孩儿口中听到了同样的赞美。

　　那一刻，我才真正明白，在我与这个男孩儿的头顶上，是同样一片美丽的天空，我们是平等的人。虽然他的智商较低，行为有些障碍，但是他同样懂得帮助，懂得欣赏，懂得赞美，同样有被尊重、被理解、被关爱的权利。

　　同样生活在这片美丽的天空下，对于那些弱势群体，我们应该多一分接纳，少一分偏见。只要我们愿意，我们完全可以没有隔阂，没有界限。

感恩提示

我们每天盯着前方灿烂的目标，双脚走自己的路，张嘴说自己的话，开口笑别人的错。似乎从来不觉得这有什么不对，相反，如果不如此甚至觉得不正常。就像文中的"我"，看那个被大家说是弱智的"他"。似乎，每天的太阳、空气、绿草、水、小路——我们都和他们不在一个世界。当有一天我们收起单一的目标，藏起高高在上的眼光，放下尽可能的偏见，我们会发现，这个世界是如此的和谐一致。我们沐浴着同样的太阳，温暖而光亮；我们呼吸着相同的空气，清新而舒爽；我们走着同一条小路，惬意而幸福。于是，我们一起微笑，高举感谢的臂膀，向生活表示感激，向我们的朋友，那些和我们站在同一个世界的朋友，微笑。

从此，我们扭头向身边的每个人微笑，对他们的做伴同行表示幸运和感谢；让我们在需要的声音来临时自然地伸手拉上一把，看着别人的感谢微微一笑；让我们在恳求的目光中迎难而上，及时地坐下来和别人一起面对。

（邱　敏）

这时，出人意料的一幕出现了：那些老人、妇女、孩子，纷纷拿出面包、火腿、香肠等各种食品，一齐向受伤的战俘拥去……

给仇人一块面包

◆寒心血

"二战"时期，苏联人民在斯大林的领导下，团结一致，浴血奋战，在付出巨大的代价之后，终于取得了莫斯科保卫战的胜利。

战争胜利的当天，上万名疲惫不堪、无精打采的德国战俘排成长长的纵队，在荷枪实弹、威风凛凛的苏联士兵的押解下走进莫斯科城。

得知法西斯战俘进城的消息后，人们几乎倾城而出，纷纷拥上街头。在宽阔的莫斯科大街两旁，围观群众人山人海，挤得风雨不透。在围观的人群中大部分是老人、妇女和儿童。

苏军在战胜入侵的德国法西斯的同时，自己也付出了惨重的伤亡。这些老人、妇女和儿童都是战争的受害者，他们当中许多人的亲人，在这场异常残酷的战争中被入侵的德国法西斯杀害了。

　　失去亲人的痛苦把原本温和、善良的人们激怒了，他们怀着满腔的仇恨，将牙齿咬得咯咯响，一双双充满血丝与复仇火焰的眼睛齐刷刷地向俘虏走来的方向注视着。为了防止出现意外，大批的军队和警察出动组成一堵墙，排在愤怒的人群前面。

　　战俘出现了，近了，更近了。围观的人群开始骚动，有人喊出打倒法西斯的口号，有人叫骂着让杀人的凶手偿命，接着人群潮水般地向前涌。负责维持秩序的警察企图阻止，马上被汹涌的人潮冲得七零八落，最后警察和士兵手拉手组成人墙，好不容易才将人潮挡住。

　　此时，战俘已经来到人群前面，他们个个衣衫褴褛、步履蹒跚，每向前迈一步都十分艰难。他们有的头上裹着绷带，有的身负重伤，有的失去手脚躺在担架上不断发出痛苦的呻吟。

　　面对激怒的人群，德国战俘呆滞、木讷的目光中充满了恐惧与惊慌。出于求生的本能，他们不住地后退。许多战俘本来就身负重伤、疲惫不堪，在遭受如此惊吓后瘫软在地。担架上的重伤号，被扔在地上，无力逃脱，拼命地哭号呼救。

　　这时，一位中年妇女在混乱中拼力挤过人墙，冲到一个受伤的战俘跟前，举拳要打。这是一个失去双腿的重伤号，他头上打着绷带，破烂的军装上沾满了血迹，脸上的稚气表明他绝对不会超过20岁。面对扑面打来的拳头，他无力躲闪，瞪着惊恐的眼睛，发出绝望的哭泣。

　　蓦地，中年妇女停住了，木雕泥塑般站在那里。她怔怔地看着年轻的战俘，心头一阵剧烈刺痛，在这个年轻伤号稚气的脸上，她看到自己刚刚战死的儿子的影子！

　　妇女犹豫了一下，叹了口气，那只高举的拳头无力地垂了下来。妇女从怀里掏出一块用纸裹着的面包，轻轻地递到伤号的面前。年轻的伤号几乎不敢相信自己的眼睛，他用惊恐的眼睛盯着面包，不敢去接。直到妇女硬把面包塞到他的手中，他才如梦方醒，抓起面包连裹在外面的纸都顾不上撕，就狼吞虎咽大吃起来，看得出他一定几天没有吃饭，饿坏了。

　　看到伤号饿成这个样子，妇女缓缓蹲下身子，用颤抖的双手轻轻抚摩着伤号头上的弹伤，失声痛哭起来！

悲恸的哭声撕心裂肺，骚动的人群一下子安静下来。人们惊呆了，一个个用惊异的目光注视着眼前的一切。空气仿佛一下子凝固住了，整条大街一片死寂。

良久，人们才醒悟过来。这时，出人意料的一幕出现了：那些老人、妇女、孩子，纷纷拿出面包、火腿、香肠等各种食品，一齐向受伤的战俘拥去……

感恩提示

战争对于人类来说，留下的似乎总是惨痛的记忆。而《给仇人一块面包》，则是一轮冲破阴云的太阳，一群人用他们最最善良的行为和举动，重新把悲惨荒凉的战后阴霾，驱散开来。

故事的开始，或许是那位中年母亲的母性突发，因为她也有一个参加战争的儿子。她的一块面包，带着善意之举，如同火柴点亮了蜡烛。光明在一刹那驱逐了仇恨的黑暗。一个小善良，瞬间燃烧为大爱。那一刻，每个人内心里的枷锁纷纷被打开，食物几乎就是他们的钥匙，慢慢抚摩着一颗一颗受伤的心。当然，他们的大爱换来了同样的结果，在人心底里生长的罪恶，被一点一点温暖，软化，消失……我们有理由相信，在随后的岁月里，这些感激和感恩无疑会渐渐转化，这也是我们在战争之后总能见到更多的反思，总能见到更多更昂扬的挽回与奋斗。卸掉仇恨的枷锁是伟大的，不过，伟大的是那只第一个伸向枷锁的手，是她，拿着人类大爱的钥匙，开了一把叫仇恨的锁，得到了满屋子黑暗后的光明，仇恨后的释怀，罪恶后的温暖光亮……

（邱　敏）

我的带路人不知在何时悄悄地离我而去，竟没忍心打扰我的好梦。更让我内疚的是，直到他离开，我都没想起来问一下他的姓名和工作单位……

想念一位带路人

◆李治山

带第一个徒弟的时候我比徒弟还年轻。

徒弟的父亲是老寒腿，徒弟孝顺，用一件旧皮大衣给老父改了一条皮裤。我正好从宁夏去西安接车，徒弟便把给老人送皮裤的事拜托给我。

徒弟的父亲在耀县农村。我必须先开车到耀县，才能找到徒弟的表妹领着我去。所以，我首先要找一个去耀县的带路人。

那时的交通非常不便，公路上拦搭便车的人比比皆是。开着卡车出了西安，我便开始在拦车人中物色可能去耀县的赶路人。当我很有把握地把一位搭车者让进驾驶室后，一问才知他只不过要去高陵——高陵到耀县还有100公里。正在懊丧之际，搭车者却拍着胸脯说，只要让他搭乘到高陵，他保证在高陵车站找一位可靠的旅客将我带到耀县。

车到高陵，搭车者果然找了一位小伙子来带路。不过，带路人并不是去耀县的旅客，而是搭车者的朋友。这位朋友正在闲逛，被搭车者游说了来。于是，我们一路高歌猛进，顺利到达耀县并很快找到了徒弟的表妹。

徒弟的表妹说去徒弟家还有30公里山路。我对我的带路人说，我们要去农村，你就在城里等我，我送完东西回来接你一起回高陵。带路人说，我也想去农村看看；况且，谁知你们几时才回来，我在城里哪个地方等呢？你回来找不到我，自己开车回西安我怎么办？带路人的话让我很是为难。因为卡车驾驶室只能坐两个人，徒弟的表妹要领路，自然应该坐在我身边。更何况她还是一位非常漂亮的姑娘，我岂能不怜香惜玉？而将带路人赶上车厢，我又有些于心不忍。正在两难，小伙子早已爬上车厢，做了一个领袖般的手势——开车！

我在徒弟表妹的指点下将车开得飞快。谁知天有不测风云，刚进山就遇上一场瓢泼大雨！雨点打得驾驶室顶噼里啪啦直响，车前的公路上一会儿就有了积水。而我的带路人任凭风吹雨打，岿然站立在车厢。我几次停车让他下来躲雨他都不肯，被淋成一只落汤鸡。

山里的天是孩子脸，一会儿就好。风雨过后，我们将车开到了徒弟的表妹家。站在她家门前的山头上，一眼就看见了徒弟家门口的大柿子树。但他们两家中间是一条深沟，要绕过去，必须步行4公里。而这4公里，其实只是一条羊肠小道。表妹派了她的小弟带我们继续前进，自己留在家帮母亲为我们煮饭。我认为高陵小伙不善走山路，劝他留在徒弟的表妹家等我。他却说他一定要跟我去徒弟家吃过了冬的吊柿子。拗不过他，我们只好背上皮裤和西安城中买来的礼物，徒步穿越这条深沟。

其实，我完全可以把皮裤和礼物放在徒弟的表妹家让她代转，我甚至可以放在耀县托付给徒弟的表妹。可我从数千里外的宁夏来到这里，不为徒弟看看父母，于心不忍！但我未曾料到，在这4公里山路上走一个来回，竟用去了两个多小时。而雨后的泥泞又让城里长大的高陵小伙摔了一路跟头，几乎变成一只泥猴。更有一点对不住他的是，我向他吹嘘的徒弟告诉我的他家珍藏的吊柿子，此时早已过了存放的季节，在全村都没能找出一颗来……

交付了徒弟的孝心，看望了二位老人，吃过徒弟的表妹做的含水面，带上山里的土特产，携起我的带路人，我们踏上了归途。我们的全身格外轻松，我们的心情格外舒畅。轻车熟路，我们很快就驶进了渭北平原。平原上的公路平坦宽直，路两边垂柳随风摇曳，鸟雀自由飞翔。天蓝得清亮，云白得洁净。不时地有一个个村庄迎过来又闪过去。村庄外是绿油油一望无际的麦田和成群结队的村民。我们望着车外的一切，时而大声地交谈，时而欢快地歌唱，将"再过20年，我们来相会"的歌声洒下一路……

有炊烟从老乡的屋顶升起，有牧归的老牛俯舔胯下的犊子。这时的我却抛锚在异乡的村头，对着趴窝的卡车长吁短叹——传动轴一个过桥轴承的三个固定螺栓丢得一个不剩，几近散架！

事情全坏在这是一辆刚刚大修出厂的车,车上既无备件又无工具。束手无策的我只好频频招手,拦挡过路的车辆。自然有呼啸而过的,也有停下帮忙的,但皆因这是三个较特殊的螺栓而爱莫能助最终纷纷离去……

　　唯一的办法是自救。我留下高陵小伙守车,自己向不远处的村庄走去。我企图借一把手钳和几根铁丝。但我的外乡话很难取得当地人的信任,只好悻悻而归。这样,借工具的任务自然落在了他的肩上。

　　半小时后,他握着一把钳子回来了!让我哭笑不得的是,他的裤子从裤脚到膝盖撕了一条大口子,腿上还擦破一块皮——我忘了他是一个十分怕狗的人。狗一叫他就跑,狗能不追他吗?

　　日头落了,炊烟散了。三五一伙的村民抱着板凳从我们身边经过到远处的村子看露天电影。

　　我挡住一辆开往高陵的班车让他先走。他挥挥手把车打发走了。

　　星星亮了。狗不叫了。一大群一大群看完电影的人从我们身边经过……

　　突然有一辆车停在了我们后面。车灯未关,车上即跳下一个彪形大汉。大汉叫道:"这俩臭小子还在啊!弟兄们,下来下来,都给我滚下来!"

　　一股浓烈的酒气扑面而来,20多个醉醺醺的男人哗啦一下将我们围了起来。为首的那个又喊:"俩臭头啊,去的时候就看见你们在这儿,我们一顿酒席都吃完了,你们还在啊?哪坏了?说!我这一车全是司机,这点儿毛病还不是小菜一碟?实在不行就在我车上拆,看上哪个拆哪个!我就不信我一车司机还救不了你俩臭小子……"说话间就爬到车底下去了。

　　在他们修车的时候我了解到,他们全是富平县车队的司机,他们是傍晚去乡里补吃一位同事的婚宴,喝完酒正要回单位呢。

　　车很快修好了。是把他们的螺栓拆了两个,另一个绑了铁丝。而他们车上仅剩了一个螺栓,却绑了两根铁丝。因为这里离富平县已经不是太远。

　　车到商陵是凌晨两点。

　　我和我的带路人又冷又饿又疲惫,徒弟表妹家的两大碗含水面早已消耗得一干二净。我多想去他家暖一暖,吃点儿饭,哪怕是喝一碗滚烫的开水。然而,不但是我,就连他也被他们厂高大的院墙和院墙上的铁丝网隔在了外面。厂大门在12点上锁后是绝不允许再开的,而他家就住在厂内。

　　无奈,我们又一起到了西安。在旅社的房间里,我们每人喝下两大碗开水,倒头就呼呼大睡了。因为在那个时代，即使古都西安这样的大城市，到了凌晨3点也绝没有还在营业的食堂了。我只能等到天亮后找一个饭馆答谢我的带路人，然后再将他送回高陵。

我永远不能原谅自己的是，等我一觉睡醒后，早已是日上中天。我的带路人不知在何时悄悄地离我而去，竟没忍心打扰我的好梦。更让我内疚的是，直到他离开，我都没想起来问一下他的姓名和工作单位……

现在，我甚至连他的模样也想不起来了。我只记得，那时正是1980年的春天。

感恩提示

作者不知道那位带路人的姓名，甚至连他的模样也记不得了，但作者唯一记得的，那时正是春天。春天，无疑是温暖的。绿油油的麦田，晴空万里的山间，乡村夜场的电影，还有路上那些热心的好人。一派热闹，谱写了一曲曲爱的旋律。

大雨的湿冷，山路的颠簸，陌生的人和地，这一切就像冬天和它的寒冷，毫不客气，没有余地。不过让作者和我们每个读者都欣喜的是，在这个已经过去多年的冬天里，所刮过的每一阵风都不是凛冽刺骨的西北风，而是清凉且清新的东风。搭车的过路人，为了闲逛而自愿请缨的带路人，漂亮的表妹，一群醉醺醺的司机大汉，他们每个人过去，带来的都是一阵暖风，都带给我们无限的感动。风过之后，甚至无影无踪，能给我们留下的，就是关于春天的印象，刻在1980年的时间刻度上，深刻铭记，时时回味，都无限温馨。于是，在所有人的余生里，每每想起，满心里都是春光明媚。

(邱　敏)

大哥多次对我说，那 20 元钱，是他一生的心灵折旧费。而在大哥厂子的门口，我看到了四个大字：诚信为本。

心灵折旧费

◆ 董保纲

这是 5 年前的事儿了。那时，大哥刚刚下岗，在县城的一个十字路口，租了一间铁皮小屋，卖些烟酒之类。

一天黄昏，一位中年汉子走到大哥的铁屋前。汉子放下手中沉甸甸的编织袋，从口袋里摸索出 5 毛钱，买了一包劣质的香烟。汉子抽出一支烟，点上，然后和大哥寒暄起来。从谈话中，大哥了解到，汉子就是我们县的人，刚刚从外地打工回来。汉子说，他的家距离县城还有 20 几里的土路，汉子很犹豫地提出，能不能从大哥那里借一辆自行车，因为他已经坐了一晚上和一整天的车了。大哥看看夜幕已经降临，又打量着眼前这位陌生的民工，最后还是把他那辆"除了车铃不响哪儿都响"的东方红牌自行车推了出来。当时的大哥，确实多了一个心眼。他本来刚买了一辆新自行车，但是大哥可不敢轻易地相信别人。

汉子十分感激，说最晚明天上午就把车还回来。也许是由于匆忙，汉子并没有来得及留下他的姓名以及村庄，就匆匆地骑车走了。

晚上，当我的嫂子听说大哥把自行车借给一位陌生人的时候，和大哥大闹了一场，嫂子说我的大哥是榆木疙瘩不开窍，这回肯定被人骗了，不信等着瞧。

第二天上午，大哥焦急地等候在铁皮屋前，他多么希望那位汉子早点儿出现呀，然而，时间一分一秒地过去了，大街上人来人往，却没有那位汉子的身影。嫂子在一旁不断地敲敲打打、冷嘲热讽，大哥由沉默变得烦躁，又由烦躁变得愤怒。到了中午 12 点的时候，汉子仍然没有来，大哥终于绝望了，任凭嫂子把他骂得狗血淋头。

大概是在中午 12 点半的时候，那位汉子骑着车子忽然出现在大哥面前。汉子擦了一把脸上的汗水，连声说着："对不起，对不起，来晚了。"大哥先是惊喜，但随之而来的是一股无明之火从心底升起。大哥厉声说："对不起个屁！你耽误了我的大事！"汉子很尴尬地站在一旁，手足无措，忽然，大哥灵机一动说："这样吧，我不能把自行车白借给你，你得掏个钱，就算是车子的'折旧费'吧。"大哥很为自己的聪明得意，他知道，自己的这一招肯定会赢得老婆的赞许。果然，一直在旁边站立的嫂子，脸上顿时露出了欣慰的笑容。但是，那位汉子显然被这突如其来的变化搞蒙了，他嗫嚅着说："行……你说……多少钱？"大哥说："你拿 20 块钱吧。"汉子没有说话，从口袋里掏出两张 10 元的纸币，递给大哥。然后，汉子又说了一声："谢谢你了，俺走了。"说完，汉子头也不回地融入人群之中。

看着汉子已经走远，大哥才转过身，把那 20 元钱狠狠地甩给嫂子。然后，大哥准备把车子往里推一下。忽然，大哥愣住了！因为他看到了一个崭新的车铃，用手一拨，发出一阵脆响。大哥再仔细一看，车子确实是自己的东方红，但是变化的不仅仅是车铃，还有两只崭新的脚蹬子，刚刚上了油的链条以及擦拭一新的车瓦。

大哥一下子明白了。他一把抢过嫂子手中的 20 元钱，赶紧跑上街头。但是，那个汉子的身影已经无从寻觅。

如今，大哥自己开办了一家企业，企业红红火火。大哥多次对我说，那 20 元钱，是他一生的心灵折旧费。而在大哥厂子的门口，我看到了四个大字：诚信为本。

感恩提示

文章里的大哥，显然是一位乐于助人的人，否则他不会将自行车借给一个素不相识的陌生人。但大嫂的话却让大哥犯了糊涂，以至于陌生人将车还来时，他伸手向对方要了 20 元的所谓折旧费。当他突然发现，那辆自行车已经旧貌换新颜，有几处换上了新部件时，猛然发现自己犯了错误，低估了诚信的价值。是的，拿在手里的那 20 元钱，还有自行车上换的那些部件，都可以用金钱去衡量，但一个人诚信的心和行为却无论如何都不能用金钱去评估。这次经历，对于大哥说是一次教训，同时也是一次极大的收获。正是因为有了这次经历，大哥明白了人间有一种东西，它其实是无价的宝物。所以当他做起生意，开始经营自己的工厂时，将它作为企业的一种永恒信念，镌刻在墙上，以此来警醒自己也警醒他人。大哥从那个陌生汉子身上看到的东西，就是"诚信"二字。它无法看到，无法摸到，但在生活中却无处不在。因为有了它，人与人之间才会真心相对，才会相濡以沫。

（邱　敏）

善待每一个人！不要因为他穿着简陋的工作服走进来，递给你一卷脏兮兮的一美元一张的钞票，你就不把他当成个人物。

善待每一个人

◆ [美]萨莉·莱尔　雪梅/译

　　在银行工作的第一天，我非常羡慕其他的出纳员。因为他们身着制服，看起来既时髦又自信。而我呢，上身穿着从妈妈那儿继承来的像罩衫一样的工作服，下身穿着一条从朋友那儿借来的宽松的裤子。站在那儿，我感觉很不自在。我担心老板会告诉我，他们已改变了主意，不再想雇用我。毕竟，我只接受过普通教育。是什么东西让我认为我能胜任这份工作呢？

　　我高中没有读完就结了婚。之后，丈夫弃我而去，只给我留下两个孩子。我陷入了困境。有一段时间，我只能依靠社会救济生活。后来，我当过女招待，甚至还卖过塑料制品。幸运的是，我又和一个好男人结了婚。他有一份稳定的工作，但却难以支撑起一个家庭；为了让我们的收支平衡，我只好外出工作。

　　在银行里，我认真地听主管的话。她向我讲述该如何接收存款单，在它上面盖章，再返回一份给顾客。接着，我的主管给了我一个建议："善待每一个人！

不要因为他穿着简陋的工作服走进来，递给你一卷脏兮兮的一美元一张的钞票，你就不把他当成个人物。"这句话，我一直牢记在心。

善待每一个人？我曾经有过太多的尴尬的处境，比如，为了获得一个低薪的工作，我等着面试，一等就是好几个小时；或者我拿着政府发给贫民的食品券排在长队里，等着购买东西。在那些时候，人们对我的态度就好像我并不存在一样。那种被人看得一文不值的感觉实在是糟透了。我相信我能做到"善待每一个人"。

接着，我开始工作了。"早上好！"我热情地招呼那些来到我窗口前的顾客。我也努力记住了那些常来的顾客的名字。人们开始喜欢我的服务，并乐意在我的窗口前排队。比如，那个需要我为她填写存款单的老太太；那个一见到我就唱"萨莉在我们的胡同里"的男人；还有那位有着浓浓的地方口音的绅士，他还教会我如何用他的波兰口音说："祝你度过愉快的一天！"

"你这么卖力是想做什么？"一天，我的同事兼朋友丽贝卡问我，"你是想成为本月的最佳出纳员吗？"

"我只是想让人们对他们自己有良好的感觉。"我回答说。另一方面，这样做也让我感觉很好。当然，我的工作也有不尽如人意之处，但总的来说，我还是赢得了赞誉，得到了大多数人的认同。一天早上，主管走到我身边，她的后面跟着一位年轻的女士。"萨莉，来见见莱斯莉，"她说，"我想要你培训她。"

"为什么呢？"我不明所以。

"教莱斯莉如何做一名出纳，"我的主管说，"她需要这些经验。"我有些惊讶，也有些得意。我开始给莱斯莉讲述出纳要做的工作。最后，我告诉她，善待他人非常重要。

"我能看出来，"莱斯莉说，"你对待每一个人都好像他们很特别。"

"是啊，而且还跟他们说波兰话，"丽贝卡开玩笑说，"有些老家伙只是爱对你唱'萨莉在我们的胡同里'。"

我们三个人，丽贝卡、莱斯莉和我相处得很融洽。我们一起吃午餐，讲述我们的顾客的故事。后来，莱斯莉调到了办公室。当她想了解银行的营业情况时，总会打电话找我。

后来，公司在我们部引进了电脑。"这样，你们每天结账时，就不会出那么多错了。"我们的经理说。我的脸一下子红了，显然，他是在指我。我紧张地看了一眼那个新发明的玩意儿。只看见键盘上一些我过去从没见过的键和符号。功能键、删除键、转换键、控制键和插入键等；我真担心万一我不小心按错了，是不是就会把所有的东西都删去。

银行请来了几位电脑培训人员。我很快就学会了所有那些键的功能，并明白了电脑确实对我的工作大有帮助。更让我惊奇的是，不久，我就在给银行里的其他雇员演示，当你按 Ctrl+End 键时，光标会跑到哪里；以及给顾客建立一个档案可以有多快、多简单。

"你很擅长这个，"一个培训人员对我说，"你好像天生就懂电脑。"她邀请我出去吃午餐，给了我一个提议，"你也可以成为电脑培训人员。我们可以成立一个电脑培训公司，再一起来经营。"

我不愿意离开银行，但她的建议确实让我心动。而我的丈夫，汤姆，也鼓励我去试试。所以，我向丽贝卡道了声再见，给莱斯莉打了电话，祝她一切顺利。然后，我的搭档和我合开了一家电脑公司。想一想，只是几年前，我还是一个高中辍学生，一个依靠社会福利的单身母亲；而现在，我有了自己的公司。更可喜的是，我们公司一开张就获得了一个大客户，即福特发动机公司。

福特公司刚刚采用了一套新的电脑程序，叫做全球工程释放系统。它很让福特公司的一些雇员头疼。说实话，只用一个星期来学习这个系统，我也感觉很困难。我白天黑夜填鸭式地死记硬背，记住了数十条术语，比如"转矩"、"确认"以及"材料清单"等。

第一天上课时，我看了一眼满满一屋子的穿着白衬衫的工程师们，深深地吸了一口气。"好吧，"我说，"请看着你们的键盘，运用空格键来移动光标。"

有的小伙子开始敲击起来，但其他人只是看着键盘。突然，我醒悟过来。"键盘上没有哪个地方标有'空格键'。"这键盘对他们来说是全新的东西，而他们也害怕因为学不会它而失去工作。

我意识到，我们都在同一艘船上。我在谋生，而这些比我多一些学问的人实际上也是在谋生。我们都在用上帝赋予我们的才能，尽可能地让自己生活得好一些。

我迅速地作了一番祈祷："主啊，你一直都很照顾我。现在，请帮助我帮助这群人吧。"

"放松，"我告诉他们，"可能一开始，它看起来比较复杂，但是你们肯定能掌握它。你们想,像我这样没读完高中的人都能掌握,你们怎么会不能呢?"第一次,我开始认为,没有读完高中成了我的优势。我能理解他们的感受,因为我自己也有过类似的经历。我知道对某种东西感觉懊恼和无望是什么滋味。我很高兴,我能够展示给他们看,只要态度对了,任何人都能成功。

我们工作的最重要的一部分是让雇员喜欢电脑,并且有信心使用好它。这让我又有了在银行工作时的感觉。我常和学员们开开玩笑,慢慢地认识并了解他们,总是尽可能地多去接触他们。对待他们,就像他们都是很特别的人。比如,当一个紧张的家伙总是不停地敲击"退出键",关闭他的电脑时,我拿起一个百事可乐饮料瓶的瓶盖。"伙计,给你!"我说,"把它放在'退出键'上,这样你就不会再去按它了。"

一天,出于好玩,我去美容院把我的手指甲涂上了花形图案。那天下午,我在辅导一名工程师时,他变得对他的电脑越来越不耐烦。为了帮助他,我用一个涂了花的指甲敲击他的电脑屏幕。他突然笑了起来:"你那手指是怎么回事?"

"指甲艺术。你不喜欢吗?好啦,让我来给你演示我是怎么打电脑的。"我几乎指尖都没有接触键而快速敲打起来。不过,这一次,他没有心烦,而是放松了下来。我想,这与我的"指甲艺术"有关。那之后,我决定好好地利用我的指甲。在不同的地方,我的指甲涂的图案也不一样:比如,在巴西,我的指甲上是奇异的鸟;在朝鲜,是花;而在加利福尼亚,是棕榈树。

在5年时间里,我们的公司成长了。从最初的两个人,发展到有8个雇员。接着,1995年,我的搭档决定卖出她在公司持有的股份。我想要买下她的股份,但是她的要价却是6位数,而这却不是我能支付的。我和丈夫拥有的就是我们的房子。我们就算卖掉它,得到的钱也不会超过5万。上帝啊,我祈祷说,您帮着建起了这家公司。请帮助我拥有它吧!

一天,我把公司里所有重要的文件放在我车子的后座上,然后开车去美容院做我的指甲。我正坐在那里,寻思我将在指甲上涂什么图案时,突然听到身后传来熟悉的声音。"萨莉?萨莉•莱尔,是你吗?"

我转过身。是我的老朋友丽贝卡!我站起来,紧紧地拥抱了她。

"还在银行工作?"我问。"是的。不过我们银行的规模已扩大了。另外,我也不再是出纳员了,我现在是区域经理。你怎么样?仍然在搞电脑培训?"

"是的，"我有些犹豫，不知是否该告诉她我现在的处境。而那样，会不会让她认为我的生意做得很失败？但转念一想，我难道不应该表现得自信一点儿？最后，我决定对她说实话。"我现在的处境很艰难，"我承认说，"我的搭档要我买下她的股份，而我只是不知道该怎么支付那么大一笔钱！"

　　"修完指甲后，跟我来吧，"丽贝卡说，"我午饭时正要见几位同事。"在咖啡馆里，丽贝卡向她的朋友们介绍了我。她仍像过去一样直率："这是萨莉·莱尔，她需要一笔贷款，她也应该得到它。相信我，她是名杰出的电脑培训人员。"

　　就在那儿，我和贷款负责人预约了见面的时间。第二天，我坐在银行里，给他展示我们公司的文件，其中包括我们与福特公司签订的合同。我听见了另一个熟悉的声音，抬起头，我看见了莱斯莉，就是那个我教她如何做出纳的人。只不过现在，她已经成了贷款办公室的主管。"萨莉是我遇到过的最好的老师，"她说，"是她教我如何正确地对待顾客的。所以，我们也应该用同样的方式对待她。"

　　贷款申请很快就批了下来。几个星期后，我就获得了贷款，电脑公司也成了我一个人的。6年后的今天，我已经有了100个雇员。看着我的电脑，看着我自己的公司，有时候，我禁不住要想我是怎么从一个靠福利生存的单身母亲变成一个公司的决策人。然后，我就会想起我第一天做出纳时所学到的东西。

　　如果你善待别人，别人也会善待你的。这一点是你绝对可以信赖的。

🐰 感恩提示 ●●●

　　本文中的主人公萨莉，曾经是位要靠社会救助才能生活下去的单身母亲，但通过自己不懈的努力，最终成为一位拥有100多名员工的电脑公司老板。说起来，萨莉的成功似乎像一个神话和奇迹。但如果我们仔细分析一下就会发现，萨莉每一次人生的关键转折，其实无不和她善待他人有关。正是因为她善待他人，朋友才会主动提出来和她一起合伙开办电脑公司；正是因为她善待他人，才会在电脑培训的业务领域里如鱼得水创下不俗业绩；正是因为她善待他人，才会在最需要用钱时，可以轻易得到一笔急需的资金。说到这里，我们完全可以得出这样的结论，因为萨莉善待了别人，才给自己争取了一次又一次宝贵的机会；在她善待别人时，其实正是在善待自己。

我们生活在这个世界上，只有用善意的眼光去打量他人，用善良的举动去对待他人，才会得到别人最大的尊重和信任，才会得到他人的善待。当我们生活的这个世界充满爱时，我们每个人也无疑都会沐浴在爱的春风中，感受到爱的温暖，享受到爱的滋润。　　　　　　　　　　（邱　敏）

我闭上眼睛，把花骨朵儿放在耳旁，果然，一串银铃般的笑声响起来，清纯如水……

花开的声音

◆冉正万

那次我在野外迷了路，一个人在大山沟里走了一天一夜。本来我已经回到了宿营地，可刚洗了把脸，去整理地质包时，却发现图纸丢了。别的东西丢了都是小事情，图纸丢了，可就严重了。我们用的地形图是 1：25000 的军用地图，上面的地形地物标志很清楚，军事利用价值很高。换句话说，一个炮手有了这张图，他就可以根据图上的坐标进行计算，把炮弹准确打到十几公里外的山头上去。以前，地质队员丢失了这样一张图，可以判有期徒刑 3 年。现在不判刑了，但也要受单位里降职或罚款处分。所以我得去把它找回来，因为图是从我手里丢的。我记得是戴手套的时候把它放在一个树杈上，戴上手套去取样品，取完样品却忘了拿图纸。

天气很好，满山红叶黄花，林子里散发着清新的泥土和草叶气息，夕阳暖暖地照在身上，真叫人心里又温柔又忧愁，且为一种说不清的东西缭乱着。

走到半路，天黑了，离矿点还有 5 公里。小溪里涓涓地流淌着白亮亮的水，更加让人觉得孤独和寂寞。天色越来越暗，我只好开亮手电。我是从农村出来的，又跑了那么多年的野外，所以对走夜路并不感到害怕。只是一个人在这种山沟里走,忍不住要想亲人,想家,想着便有些想哭。

走到白天工作过的矿点,图纸果然还在树杈上,风吹得它一摆一摆的,似在向我招手,似在向我说,你快来呀,快来把我拿回去呀。

拿到图纸,心情轻松了许多,往回走时我便一阵一阵小跑。走得慢的时候想其他的,还没什么感觉,当我越走越快,尤其是跑的时候,总觉得后面有什么东西向我追来,背心一阵阵发凉。谁知在一个小山坡上,我跑得太急,手电没拿住,一下掉到坡下面去了。突然间什么也看不见。坡很陡,听手电滚下去的声音,滚了好远。我便没安心去找,在路上坐了一阵,抽了支烟。月亮慢慢升起来了。

月白风轻,秋声在树,远处几声狗叫,几点朦胧的灯火,证明这大山深处还有人家,只是山也遥远,水也遥远。我向着那朦胧的灯火走去。走在山坡上看见它们就在前面,走到山谷里,却不知它们藏在何方。

走了两个多小时,我才发觉越走越不对劲,幸好这时遇到一个猎人,问了他,他告诉我说我走错了。我本来应该在前面的山谷转向另一条山谷。这时我只想大哭一场。因为还没吃下午饭,真是又累又饿,原以为走了那么久,应该见到同事,应该吃上热饭,应该用热水洗脚睡觉了,没料到却傻里傻气地走到另一条山谷来了。

这时再走就没什么力气,力气被恶劣的心情赶跑了。我只能走一阵歇一阵,脚掌也被鞋底磨破了。

天刚亮,我便叩开路边一户人家的房门,想讨碗饭吃。男主人满脸狐疑地看着我,我已无力解释,就把证件给他看,可他不识字。我只好说我是地质队的,昨晚迷路了,到现在还没吃饭。他犹豫不决,我以为他舍不得,我说你放心,吃了给你钱。他给我舀了尖尖的一大碗包谷饭,又冷又硬。他说,没什么菜,我怕你吃不下去,你们工作的人没吃过粗粮。我已饥不择食,哪里还顾得了那么多。我从水缸里舀了瓢冷水放在桌子上,一口饭一口水。吃完后我给他3块钱,道声谢走了。人是铁饭是钢,虽然那饭难以下咽,可吃下去没多久,力气便又回来了。没走多远,就听见背后"嘿"的一声。回头一看,一个十四五岁的小姑娘正向我跑来。她说,嘿,我喊了你几声,你都没听见。我笑着说,我不知道"嘿"是喊的我。她跑到我面前,上气不接下气,鼻尖上渗着细细密密的汗珠儿,手里拿着我的证件和那3块钱。她把它们塞给我,然后转身就跑。我大声说你把钱拿回去呀!她头也不回,只留下一串银铃般的笑声。我一时不知所措,怔怔地看着她的背影。

我们住在一个小镇上,请了一个40多岁的男人给我们煮饭,煮了一个月,嫌我们给的工资太低,说宁愿去挖煤。小镇上没有饭馆,有我们也开销不起。我请他帮忙介绍一个,他说他有个侄女,叫刘二娥,很能干。第二天他把她带来了,我一看,不就是那天还我钱的小姑娘吗?穿了件皱皱巴巴的男式衬衫,很旧,一点儿也不合身。我心里想,雇她吧,她太小了,不雇她,吃过她家的饭,又觉得对不起她。小姑娘看出我的心思,她说,叔叔,你放心,我7岁就开始煮全家人的饭了,有不懂的你只要告诉我,叫我咋做我就咋做,保证听你的话。我不好再推托。

谁知第一顿饭她就没煮好,把饭烧煳了。没人说她什么,她却伤心地哭了一场。她说她在家里煮的都是包谷饭,煮米饭还是头一回,水掺少了,煮干了。我说不要紧。她说,白生生的米,好可惜哟。我和几个同事故意争煳锅巴吃,故意嚼得咔嚓咔嚓,说煳锅巴是化食的,帮助消化,比吃药还管用。小姑娘这才破涕为笑。她很聪明,什么事一说就明白。我说了几个菜,她把它们炒出来,大家赞不绝口。

除了煮饭,她还争着给我们洗衣服。要不就上山帮我们背样品。她爱笑,笑起来天真烂漫。我们每天爬山,是非常辛苦的,但回到"家",一见这个小姑娘,就都不觉得累了。最奇怪的是整整两个月,没有一个人请假。不像以前,这个要回家去看老婆,那个要回去看儿子。

分队请小工是我做主,给多少工资也是我的事,别人一般不过问。可那天小张却认真地问我,一个月给刘二娥多少工钱。我说120元,因为队上只给报销这么点儿民工费。小张说,从这个月起,每个人多收10块钱生活费,我们8个人,刚好加成200元给她。我说,有人会闹意见。小张冲我骂起来,哪个有意见哪个不是人,你不收我去收,不就10块钱吗?

当我把200元钱给刘二娥时,她问,怎么变成200元了?不是说120元吗?我说,你别管,给你就拿着吧。她有些犹豫,我说,是你记错了,当时给你说的就是200元。

刘二娥给我们煮了三个月的饭。工作结束,我们要离开小镇搬到别的地方去。最后一天别人先搬走了,我留下来补取一件样品。当我从野外回来,刘二娥却不见了,饭菜摆得好好的。她有亲戚在镇上,我以为她玩去了。吃罢饭,我去

收拾行李,才发现枕头边有张纸条,还有 200 多块钱。纸上写着:

叔叔:

　　我没记错,是你记错了,当初讲的就是 120 元。但每次你给我钱时我也假装不晓得。我这也叫"见钱眼开"吧?我家穷,我升初中后只读了半年就停学了,有了 600 块钱,够我上完初中了,可我越想读书心里越害怕,我怕二天(将来)你们想起刘二娥,说这姑娘不要脸!今天我把多给的钱退给你,心里轻松了好多,我开心地笑了一场。想着和你们分别,也许永远也见不着了,我又伤心地哭了一场。

　　纸条上还压着一朵含苞待放的花。她喜欢花,但不是掐来插在头上,也不是为了闻花香。我记得她把花插在瓶子里,说是喜欢听花开的声音。我说,花开的时候哪有什么声音呀?她说,有的,你闭上眼睛就能听到,想听什么声音就有什么声音。我闭上眼睛,把花骨朵儿放在耳旁,果然,一串银铃般的笑声响起来,清纯如水……

感恩提示

　　花开有声音吗?当然有,不过,有着一颗善良的心的人才能听见。花开什么声音呢?每个能听到的人都知道,每个人听到的都不一样。从那次返回山谷我图纸开始,我们在字里行间和故事情节里听到了很多种花开的声音。先是那位给作者盛来尖尖的一碗包米饭的中年汉子,他的花开的声音有点儿硬,有些干,但是,带着雪中送炭的温度,实在;之后是那个只念到初中一年级的女孩子,她的花开的声音似花骨朵儿,灿烂而银铃般清脆;然后是地质队的,他们的花无疑是一座花园,善良花簇般密集盛开,从勉强留下小姑娘,抢着吃煳了的米饭,到从 120 元转为 200 元的工钱,花香四溢。

　　当善良和善良要分离时,小姑娘的信和那朵花,更让善良的花园热闹非凡。小姑娘的梦想成真和诚实坦然如百合,清香扑鼻。让每个能听到花开声音的善良的人都心有所动,并争相希望能加入那个叫善良的花园中去……那么,你、我、他,大家听到花开的声音了吗?

(邱　敏)

打开窗子发现爱

　　感恩源于生活，感恩是经过努力而得到的幸福生活结果。生活会因为我们的不断感恩而丰富多彩，而丰富多彩的生活会使我们感到更加幸福，我们也就更加懂得感恩。感恩的妙处，时刻地伴随在认真对待生活、真诚对待他人的人们左右。

　　常怀一颗感恩的心，感谢我们身边的人，在时间还没有完全流逝得无影无踪的时候，教会我们用感恩的心去生活。

这是我搬到这个小区以来,第一次感受到大家离得这么近,是大雪拉近了我们的距离啊!

温暖的雪书

◆孙道荣

清晨出门,才惊喜地发现,昨夜下了一场大雪,地上积起了厚厚的一层。

这几年,杭州难得下雪,即使下雪,落地就融化了。这场意外的大雪,立即引起了早起的人们一阵阵的惊呼。

雪景很美。可是,一出门,我开始担心起来,路上的积雪已经冻结,很滑,不知道汽车还能不能开。开了几年车,还从没有在雪地上行驶过,我担心自己的技术和安全。

小区外,停在室外的汽车上,都堆积了厚厚的积雪,就像覆盖着一床厚实的棉被。

找到自己的车。

挡风玻璃上也都积上了一层厚雪,必须先将积雪铲掉。忽然发现,我的车前挡风玻璃上,有人在积雪上写了一个字,细细分辨,是个"慢"字。字写得歪歪扭扭,估计是用树枝写的。他是在提醒我吗?他会是谁呢?我的心里暖暖的。

我发动了车子,打开暖气。乘预热的时间,将车上的积雪,一点一点慢慢铲除。

这时候,小区里陆续有人走出来。

身后忽然传来一声惊呼,谁在我的车上画画了?回头一看,是停在我后面的一辆车。我好奇地走过去,只见她的车前挡风玻璃上,画着一幅画,是一座房子,还有一支高高的烟囱。女车主不解地看着画,这是什么意思啊?联想起我车上的那个"慢"字，我笑着对她说，这是一座房子，一个家，画画的人可能是要提醒你小心开车吧。女车主也笑了，对对，是得慢点。

会不会还有其他的字或者画，我突然很想知道。

一辆辆车看过去，果然，每辆车的前挡风玻璃的积雪上，都被写上了字，诸如小心，慢，安，这些字；有的车上，画着一座房子，一颗心，一个孩童什么的；还有一辆车上，画着几个大大的惊叹号。

这个人，他是在提醒我们啊！

大家就此议论开来，猜着那个写字画画的人，会是谁呢？我们的一位邻居？社区里的保安？晨练的老人？路过的行人？

猜不透。大家恍然明白，是谁其实并不重要，重要的是他的提醒和问候，是大家的安全啊。一个有经验的老驾驶员，告诉我们雪天开车的注意事项，大家听了直点头。

这是我搬到这个小区以来，第一次感受到大家离得这么近，是大雪拉近了我们的距离啊！

启动车子，缓慢地驶离小区，赶往单位。车前挡风玻璃上的"慢"字和积雪，都已经消融，可是，一个陌生人无声的问候，暖暖的，留在了我的心里。

感恩提示

寒冷的清晨，只因一个善意的提醒，让大家感受到了被关爱的温暖。读完这个故事，那些雪上美丽的字字画画在我的脑海中，久久挥之不去。《温暖的雪书》为我们展现了一幅温馨的场景。

我想说，善良其实很简单。不是吗？

看到衣着单薄的乞讨老人，我们给他几块零钱，他就可以饱餐一顿；看到寒风中瑟瑟叫卖的小贩，我们买他一些东西，他就可以早点回家。再比如，把迷路的孩子送回家，感谢帮助过我们的路人，甚至是给别人一个鼓励、一个微笑……这些于我们不过是举手之劳，在温暖别人的时候，更快乐了自己；美化了别人的生活，更滋润了自己的心田。

善良体现了人性的崇高，也体现了一种修养。"勿以善小而不为"，小小的善，蕴涵的是大大的爱。

（王　辉）

今天，我们为这位有梦想的女孩颁奖，也是鼓励大家做梦，永远有梦。在无法拥有从容优雅的姿态之前，这样真诚、老实的姿态也能打动你的裁判，甚至，今后能打动你自己的命运之神！

笨拙的梦想

◆羽 毛

前不久，单位举办了一次"迎国庆、展风采"的职工演讲比赛，我也去当听众。

一共20人参赛，每人演讲不超过5分钟，题目内容自拟。男选手们西装革履，女选手们小立领配A字裙，表情庄肃，严阵以待。上得台来，个个都是口若悬河，手势丰富，不是歌颂改革开放以来的大好业绩，就是畅谈精彩的北京奥运，热情勾画着人生的美好蓝图……看他们指点江山，激扬文字，真有粪土当年万户侯的气概。

第16个人上台了。是个肤色白净的女孩，穿着普通的套头毛衣，牛仔裤，还没开口，脸就红透了。她鞠了一躬，说："各位老师好！同事好！我来自出版社的编辑部，还是小学三年级参加过一次诗歌朗诵，普通话不过关，还请大家多原谅！"

不少人笑了，报以鼓励的掌声。

对比其他演讲者的镇定自若，她有些紧张，表情不太自然，耳朵根都羞红了。整个演讲过程，她的双手都紧紧抓着桌沿，仔细看看，右手还在微微颤抖……他们部门能说会道的大有人在，为什么选送了有点害羞的她？

她的演讲主题也不是气势恢弘的，而只是讲了自己如何从小镇女孩成长为京城白领，从风和日丽的南方来到风大干燥的北方是如何生活的。

她工作两年了,最初的岁月是孤独艰难的。人生地不熟,约稿也很艰难,常常吃闭门羹。头一个月,她毫无业绩。"那天回家时,我十分沮丧,故意仰着头,怕眼泪掉出来。那一仰头,恰好看见铁灰色高楼背后的一角晚霞。多么美丽热烈的光芒啊——从落魄的失意,到浪漫的诗意,有时,只需要仰起头生活。"

瞧,她仍有初涉人世的浪漫。那种微笑,浅浅拂过我的心房。刚参加工作时,我不是也如此乐观积极吗?

最后一段,女孩谈到了自己的梦想时,稍微自然了些。

"我喜欢纪伯伦的一句话:生命的确是黑暗的,除非有了激励;一切的激励都是盲目的,除非有了知识;一切的知识都是徒然的,除非有了梦想……我的梦想,是成为京城一名出色的编辑,和一流作家为友,编辑一流的经典好书。我也相信,只要有梦,就会走在通往幸福的路上。最后,谢谢大家!"

她的手依旧紧抓着桌子,诚恳地再次鞠躬,然后,飞快地跑下台。我的视线不由跟随着她,她低着头,脸红得像朵玫瑰花,用手捂着仍在怦怦跳的心脏——多么可爱的玫瑰岁月啊,即使害羞也能无所忌惮地畅谈梦想!

谁不曾做过梦呢?包括我,然而……最终大多数人只能成为世俗的平庸者。

比赛完毕,当场宣布结果。一等奖归属于一位声情并茂的男生,不出大家所料。二等奖两名,居然有那名女孩——细想一下,也是众望所归,大家都在热烈鼓掌。

之后的环节,是大赛评委对获奖选手进行简短点评。其中一位评委,是出版行业威名赫赫的人物,谈到这位女孩时不由得笑了:"这位选手一上台就脸红,让人印象深刻。的确,她欠缺一些演讲姿态,在选手中显得有些紧张,甚至笨拙,但是她的眼神和言辞,充满丰沛真实的情感。"

这就是她的获奖理由?

评委又补充道:"今天,我们为这位有梦想的女孩颁奖,也是鼓励大家做梦,永远有梦。在无法拥有从容优雅的姿态之前,这样真诚、老实的姿态也能打动你的裁判,甚至,今后能打动你自己的命运之神!"

这句话,如同一道雷电霹雳,闪过我麻木低沉的心空。

工作6年,我已经陷入职业低谷:遭遇事业瓶颈,薪水一再降低,激情和精力消退,懈怠和疲倦日甚……在同班同学官居高位、买高档车、出国旅游的时候,我仍然是一名小小的码字工,没有活得优雅的权利。

我奢谈梦想,徘徊在灰色地带。我也淡忘了真诚、老实的姿态,浮躁度日……

看一眼那玫瑰花般的女孩,竟有些什么重新在我心中流转鲜活。不应该像她一样吗?执著地向梦想高地出发,将失意变成诗意,哪怕姿态笨拙,也要精神优雅。

感恩提示

简单的梦想、执著的渴望……女孩看似笨拙的演讲姿态,恰恰是一个人鲜活生命力的真实体现!正如评委给她的获奖理由:"我们为这位有梦想的女孩颁奖,也是鼓励大家做梦,永远有梦。在无法拥有从容优雅的姿态之前,这样真诚、老实的姿态也能打动你的裁判,甚至,今后能打动你自己的命运之神!"

哲人告诉我们:有梦不觉人生寒。被繁忙生活所牵绊的我们,心也往往容易生锈,变成一块灰色的铅块,而梦想,正是激活心灵的催化剂!有梦想,人才会活得有动力;有梦想,人生才充满期待和希望。我们不妨也记住女孩那句朴素的话语:"只要有梦,就会走在通往幸福的路上。"

(田　野)

再以后,这支部队无论转移到哪里,每年都有战士前去小滩村,探望那对可亲可敬的林家老爹妈。

一袋大米

◆柳春寒

故事发生在3年自然灾害的时候。

胶东半岛有个叫小滩的小屯子,十几户人家都姓林。这林氏家族有不得捕鱼的祖训,因此挨着大海,却只能靠种地吃饭。因为离海太近,土地严重盐碱化,粮食产量很低,生活比别处更加贫困。这年冬天,一支部队开到这儿,黄确成带的一个班就借住在一户贫农家的3间厢房内。房东老两口没儿没女,待战士们如同亲生儿子,这些兵都管这对善良的老夫妇叫爹叫妈。

灾荒一发生,林爹妈家中很快就断了粮,得去挖野菜充饥。战士们看在眼里,急在心上,大家商量,怎么能帮咱林家爹妈一把呢?当兵的那点津贴本来有限,就是全拿出来,也没有用,因为那年代别说粮食,凡能吃的都很难买到,要买也付不起天价!部队有铁的纪律呀,那时候,要想拿公家的东西给群众送礼,借个胆子也没人敢做。班长黄确成和战士们想了几个夜晚,有了!

连队的炊事班长姓朱,跟黄确成是老乡。黄确成把老两口的事跟他说了,问他敢不敢做一回好人。两个班长一击掌,豁出去了,大不了丢了小"乌纱帽儿",何况咱这又不是做亏心事。

那种特殊时期,连队对粮食看管得相当严,从厨房里带出粮食,可不是容易的事。打那以后,黄班长和战士们每餐少吃一口粥,先做到良心上不愧对全连战友。黄班长缝了两个微型口袋,朱班长事先把他们省下的米装进去,也就一两左右。打饭时,由战士轮流与朱班长搭话,找机会接过"米袋",塞在袜子里,带回宿舍,积攒在一个面粉袋里。这么弄了两个月后,战士们一共"偷"出来一面袋大米。

粮食不敢久放,若是被上级发现,可就塌了天!恰在这时,部队接到开拔的命令,临走时,黄班长把大米偷偷送到林家爹妈的房间。林妈妈去邻村求药去了,只有林爹爹病在炕上。黄班长想不出更好的办法让林爹爹接受这份馈赠,就说:"我们要执行任务,至少半年多才回来,这袋大米……"林爹爹呻吟着说:"快拿走,我不能要你们的东西,你大娘会生吃了我!"黄班长脑子一转,说:"这粮食我们是带不了啦,先放在您这儿。"

部队开到一个海岛上。在这里,战士们的粮食定量进一步削减,饿极了,就抓礁石缝里的小蟹子生吃。再过俩月,就轮到黄班长休探亲假了,他们又勒了一段时间的裤腰带,每人每天省下一片馒头,放在礁石上晒干,攒了满满一提包,临行时,一定让班长带上。

黄班长探家恰巧要经过林大爷的那个县,就决定先绕道去探望林家爹妈。

推开林家爹妈的门,黄班长一下子惊呆了,往日那个明亮洁净的小屋,现在是一片黑暗，林大爷躺在厚厚的被褥当中，一开口说话，就喘得上气不接下气……黄班长适应了室内光线，这才看清，老人家那双腿肿得差不多有小水桶粗，手指轻轻一按，就陷下一个深坑，纯粹是饥饿造成的！黄班长鼻子一酸，忙把背包打开，取出带给自己家的那袋馒头干。

一会儿，林妈妈回来了，一见黄班长，她一把抱住，再也不肯松手："我的亲孩子哟，你们去了哪里，饿不饿？"黄班长说了"来意"，大妈感动得涕泪交流……突然，她放开黄班长："孩子，你们开春放在这儿的大米，我给藏在了棚顶上，如今人人都饿红了眼，若是让谁知道这里还有吃的，那肯定给抢了去！"

黄班长吃惊地说："娘哟，这是当初我们省下来的，不算公粮。您怎么这样……诚实呀！"他把就要出口的"傻"字说成了"诚实"。

"孩子，你们还是没把我们当亲爹妈。"林妈妈有些失落，"这年月，饿死个人，家常便饭。可你见过哪家的爹妈自己活着，却把儿女饿死了？没有。要死，也得先饿死当爹妈的，虎毒不食子呀！这些大米是我孩子们从牙缝里省出来的，俺俩老东西哪能吃呀！"

黄班长爬到棚顶，把那袋大米拎了下来，悲戚地说："好，俺的亲爹娘哩，你们多保重，这些米，我……先捎回部队去了。"

黄班长怎么又改变了主意？原来，他在棚顶上把大米从木箱中取出，抓了一把细看：老天爷，那大米全生了虫，发了霉，已经没法吃了！

再以后，这支部队无论转移到哪里，每年都有战士前去小滩村，探望那对可亲可敬的林家老爹妈。

感恩提示

俗话说："饱汉子不知饿汉子饥。"没有经历过饥饿的人，一定体会不到粮食是多么的可贵，尤其是在物质稀缺的特殊年代里。

《一袋大米》这个故事就发生在3年自然灾害时期，大家的日子都不好过。生活贫苦的林家爹妈家中断粮后，只得去挖野菜充饥。为了帮他们渡过难关，驻地的战士们每天勒紧裤腰带，硬是用两个月的时间积攒下一袋大米！然而，令黄班长没有想到的是，林家爹妈宁愿饿得生出病来，也没有动一粒大米！两位老人有一个朴素的想法：宁愿自己被饿死，也不能从战士们的嘴里抢粮食！

一袋大米，承载着战士们对林家爹妈的一腔心意，更承载着林家爹妈对战士们的一片真情！唇齿相依、患难与共，那特殊年代里的军民鱼水情，至今读来仍令我们深深地感动。

（田　野）

他果然激扬起压力释放后的精气神：刘翔说，世界有我！中国有我！我说，世界有中国，中国有杭州，杭州有我！

因为杭州有你

◆陈祖芬

"师傅！"我喊他。我一时心急不知道叫他什么好。他这个出租车司机怎么讲一口那么够味儿的英语？

他正在接手机，是个国际长途。一位德国商人请他帮忙在杭州找一家液压千斤顶厂。

"中德会谈"结束后，他才能顾及坐在出租车后座上喊他"师傅"的人。

我想认识一下"师傅"，"师傅"说不行。后来，答应我晚上7点在饭店大堂见。

晚上7点我准时走进大堂。糟了！哪一个是他呢？我只见过他的后脑勺。我开始清点大堂里的每一个人。有一个人向我走来了，我不知道该不该向他笑，因为他到底是不是"师傅"呢？

他也没怎么与我招呼，因为他不知道我的名字，但他的眼神告诉我他认出我来了。他说我在北山街拦车时他看一眼就记住了。他记英语就是这么记的，几乎讲一遍就记住了。

我说及前几天我刚看了杭州小孩用英文演唱《音乐之声》的歌曲。他说巧了。下午他把我送到住地后，他在杭州国际大酒店门口看见一个老外手里拿着一张纸，正不知所措。他停下车问这位"不知所措先生"：需要我帮忙吗？当然，用他那娴熟的英语。老外把纸递给他看。他一看，那纸上写的杭州大剧院的地址，把之江东路写成了浙江东路。他把老外送往大剧院，路上才知道这位是美国来杭州的《音乐之声》演出方的经理。经理说太高兴在杭州遇到英语这么好的年轻人，下周一定要坐他的车游西湖。经理跟他要了张名片，中文名字"周震"两字自然看不懂，那英文名字是一下记住了：Jerry Zhou。

又有老外朋友打手机：杰瑞(Jerry)！我的两个美国朋友来了。她们是第一次来中国，又要请你带她们去游杭州。后天！我所以选择了杭州，就是因为杭州有你。

现在，这位"你"就坐在我的面前。我觉得有点儿好笑，因为"你"和我穿着同一款式的宽大的多口袋中裤。

他长着货真价实的中国脸，但是讲话半是中文半是英语，而且中转英或英转中，其间的切换自然得叫人感觉不出来。

我称呼他也自然地从"师傅"切换到杰瑞。

杰瑞厚厚的名片夹，好像英文人名大字典，里边有不少是世界名牌的外方部门经理，或是这CEO，那CEO。

我想起2005年提前一年上任的西门子新CEO柯菲德，我对他一无所知，就知道他的一句名言："追求卓越，反对平庸。"这是一个创新型社会的基础。

建立这部"英文人名大字典"，开始杰瑞是"刻意去碰"。他在西湖边上常常可以碰到一些老外，拿着杭州地图。需要我帮助吗？老外自然欢喜。比老外还欢喜的，是杰瑞自己。他付出服务，能得到学口语的机会。

人生或许只有两种：创造机会还是等待机会。

杰瑞说他的偶像是"阿里巴巴"的马云。马云当年为了学口语，总是到杭州的香格里拉饭店门口去等候老外，为老外做导游。杰瑞说他开出租带老外，是收费的，而马云是免费的。但是，马云得到的一定比付出的多。没有当年的免费导游，马云的外语水平就不一定能使他快速了解世界，然后建起了"阿里巴巴"。

杰瑞说杭州是一座发展的城市，对企业、对年轻人都充满了机会。也是今天下午，他偶遇一位美国夫人。杰瑞送她一张名片，夫人一看，说她有杰瑞的名片，在电脑里，说杰瑞是杭州"最好的导游"。这位夫人是黄宝书公司总裁太太。

有句话道:信息时代人人手持黄宝书。这也就是信息书。黄宝书是一家去年进入杭州的美方公司,总裁叫 LyleWolf,Wolf 是狼,Lyle,音同中文的"来了",所以他的中文名字就印着"狼来了"。意在告诉中国传媒,这是真的狼来了。

我说杰瑞,你今天下午和我分手后就碰到这么多事!

他说天天都这样!找他的老外太多,他常常一下记不起来谁是谁,好像面对灵隐寺里的五百罗汉。

前不久他在平湖秋月景点,被一老外抱住,啪啪啪地直拍他的背。他被拍糊涂了,不明白这又是哪尊罗汉。老外说你忘啦?去年你带我去灵隐寺!杰瑞开始用记忆碎片一点一点拼起完整的印象。哦,德国朋友!德国人说他今晨打的绕西湖一圈找他,没找到。中午11点多又打车绕西湖找,还真找到了。还是要杰瑞带他们看杭州。

杰瑞说他其实就是把司机、导游、翻译三合一了,找他一个人就全解决了。另外他带他们去看杭州,不是光让他们看,还不停地提问题让他们参与。

瑞典一本杂志介绍杰瑞,题目叫:一个人的旅行社。

我说对呀,你完全可以自己办一个旅行社。

他说不。因为他这块海绵,还需要吸水。譬如他家洗手间里永远放着英语口语词典,从头翻到尾,从尾翻到头,翻烂了,还要翻。都背。

我说这已经是兴趣了。他说不,是精神压迫。他说他要把自己这块海绵吸水吸足了。

然后开旅行社?

不,然后就把这块海绵扔掉,换一块更大的海绵。下一步要学外贸。他要为杭州树立一个品牌。

他说杭州是个风景旅游城市,需要更多的年轻人把旅游经济做得更好,使杭州更有优势。市政府提出要用更优良的服务和更好的环境让大家"住在杭州、游在杭州、学在杭州、创业在杭州",他只是响应号召。他不愿意听到有老外说,在杭州与人交流不方便。

杰瑞说,现在是地球村,我要当一名国际化的服务员。

他的邮箱里净是有朋自远方来的信息:老外们提前告知何时抵杭。他的信箱里常有老外们寄来的各国明信片。他设身处地为异乡客着想,生怕日本朋友听美式英语不方便,他就说日式英语,一字一顿,重重的。

他说他不是导游，是朋友。他与我谈话，也是把我当做朋友，在我面前释放了他的精神压力。他果然激扬起压力释放后的精气神：刘翔说，世界有我！中国有我！我说，世界有中国，中国有杭州，杭州有我！

因为杭州有你！我想起刚才那位美国朋友给他的电话。

你写杭州的书，书名有了吗？他朋友般地关心起来。

还没有。

那，就叫"梦西湖"。因为在杭州的，到杭州的人，都是怀着梦想来创业的。

梦西湖？王蒙5月来杭州时，说杭州是他的梦中情人。我又想起好莱坞的造梦。杭州不用造梦，因为杭州本来就是梦。有很多的现代灰姑娘，或很多的中国杰瑞，会在杭州找到他们美丽的童话。人类因为梦想而伟大。

要了解今日中国，或许可以去杭州西湖边，去寻访一个出租车司机，英文名字叫杰瑞。

感恩提示

柯菲德自然是一个成功者，但我觉得，和那个中国小伙儿相比，他显然要逊色一些。没有人说，我购买西门子电器，是因为他的CEO柯菲德；可有人却说，因为杭州有你，所以我越洋过海来杭州旅游！

这些成功，是这个可爱的出租车司机不懈努力的结晶，他怀揣着梦想上路，把他的"一个人的旅行社"开在了出租车里，用他的勤奋与聪慧，为外国友人提供出行、翻译、导游的一系列服务；而这仅仅是他的"梦西湖"的开始，也是他"追求卓越，反对平庸"的开端。

"追求卓越，反对平庸"，这是一个创新型社会的基础。这只是一句口号，我们知道，口号大多空洞，甚至不切实际，至于能否实现，你完全可以另当别论，或许当成天方夜谭。可是那个可爱的出租车司机，让这句口号变得不再空洞，而是让人备感温暖、踏实、富有人情味儿，"因为杭州有你"，是社会对这个小伙儿的馈赠，是对这句口号的回应。

柯菲德的口号只是一个火种，而中国小伙儿用实践把它变成真理，灌输这条真理的，是勤奋、努力、忍耐，当然，还有包容！也许我们也可以，希望有一天，有人告诉你，因为有你，所以我来！

（陈少红）

我并不像奶奶那样吃惊，因为，我知道查理叔叔只是中了魔咒，魔咒并不会长久，因为，有大爱在他身边。

查 理 叔 叔

◆曾庆宁/编译

一

至今，我还记得第一次见到查理叔叔的情景，当时我真的吓了一大跳。从校车上下来，从明亮的户外走进幽暗的房间。我当时没有看见有人。当我习惯性地四处打量时，我惊诧地发现饭厅里居然放着一张床。一个陌生的、边幅不整的男人靠着枕头坐在床头。那一刻，我疑心自己走错了房子。

"帕迪，是你吗？"奶奶的声音从另一个房间传来。我飞也似的逃进厨房。

"奶奶，那个男的是谁？"

"记得我跟你说过的查理叔叔吗？我跟你说过，他在战争中如何负的重伤，政府又是如何把他安置在一个老兵医院的。"奶奶说道。不错，这会儿，我的脑海中突然出现一个穿着戎装、年轻威猛的战士。那就是查理。奶奶曾无数次给我念叨过查理叔叔的故事，我早已耳熟能详。他是一个孤儿，从小就被奶奶收养，长大后当兵去了前线，再也没回来过。这一切，都发生在我还没有来到这个世界之前。可是，饭厅里那个安静的男人与我在相框里看到的笑脸迥然不同呀。

"帕迪，昨晚我做了个梦，"奶奶说，"在梦里，上帝对我说：'接回你的孩子查理吧，把他带回家，他会好起来的。'今天早上，你去上学之后，我乘公交车去了老兵医院，径直走到查理所在的住院部，走进查理的病房拉着他的手说：'走，咱们回家。'"奶奶咻咻地笑着说。"天啊！你不知道我们当时路过医院大草坪的样子该有多么滑稽,我背着他,他穿着睡袍,衣服后面是分叉的,两片衣服后摆随风飘舞。没有人阻止我们,也没有人问一句话。"她停顿了一下,"就像我们是隐身人似的。"

"奶奶,查理刚才好像没看到我一样。或许,我也是隐身人吧。"

"查理看到你了。只是他不会说话,他患上了医生称之为紧张性精神症的疾病。医生说,他永远不会说话了,就像被猫偷走了舌头一样。"奶奶又难过起来,"不过,别担心,孩子。查理人很好,他只是不会说话。他需要我们的爱,今后,这里就是他的家。"

"知道了,奶奶。"我口是心非地说道。

因为害怕饭厅里那团黑影,我绕到后门,跳过走廊,冲向原野,我拍拍自己的屁股,同时扮成马和勇敢的骑士。哈,那年,我刚满9岁。

二

天长日久,我逐渐习惯了查理的沉静,不仅畏惧感全消,而且敢于在他待的那间屋里玩耍了。奶奶每天都用一盆滚烫的热水给查理做热敷,并做全身按摩,帮助他恢复肌体功能。我也在旁为奶奶打下手,给递递毛巾,帮助翻身什么的。风和日丽的日子,我和奶奶用手推车将查理推到户外草坪,我们一同沐浴着温暖的阳光。

"查理叔叔,您醒了吗?"我小声说,"今天,在学校,我看到我们老师教案里有一张特迷人的王子照片。小王子有一头长长的金发,就跟您现在一样哦。"

一束阳光从门缝中射入,细小的灰尘在光影中飞舞。我试图用手去抓住那束光,灰尘被我搅得直打旋。

"帕迪,我给你做了些吃的东西,吃了赶紧去上学!"奶奶在厨房叫我。临离开,我把自己最喜欢的芭比娃娃送到查理手中。芭比娃娃的嘴唇被我涂了红指甲油,她的头上也有一头美丽的金发,样子可爱极了。

"她是波斯公主。我把她留下来给您做伴。我想让您知道,奶奶、我和全家都很爱您。"

我看到查理嘴角动了动,好像是在微笑。

三

一天刚回家。奶奶就把我拖进厨房，说要送个小精灵给我。那是一只雏鸟。"我是在那棵老橡树下发现这只小鸟的，"奶奶说。"它的眼睛还紧闭着。它肯定是在啄食时不小心从巢里掉下来的。洗手间里放着一个医药箱，箱子里放着一个点滴器，可以用那个点滴器给它喂水和葵花子。你要好好照看它啊。"奶奶把鸟儿递给我，"去腾空一个鞋盒子，别忘了在里面放些软草什么的。还有，你准备给它取个什么名字？"

"查理，哈哈。我就管它叫小查理，和查理叔叔叫一样的名字吧。"

走进屋，我将摆放鹅卵石和岩石标本的鞋盒子腾出来，在里面加上了一个柔软的垫子。

"嘿，查理叔权，看看我得了个什么宝贝！它的名字叫小查理，以后它就归我俩了，要好好照看它哦。"我将小鸟放在空盒子里。"查理叔叔，帮我照看几分钟，我去拿点滴器给它喂食。"我把盒子放在查理的大腿上。

那天晚上，我一边捣碎土豆，一边对奶奶说："奶奶，您知道吗？查理叔叔正帮我照看小查理。"

"我知道的。我看到他捧着小鸟的样子，开心极了。你可知道还有别的新鲜事吗？他发出嗡嗡的声音，好像在哼歌哩。"

四

一年零九个月后的一天傍晚，奶奶正张罗着查理的晚餐。这时，查理叔叔突然走进厨房，坐在餐桌前。他穿着一条工装裤和一件彩格圆领汗衫。这是我第一次看到查理叔叔没穿睡衣的样子。奶奶一下睁大了眼睛，露出非常吃惊的神情，那样子看起来傻傻的，我忍不住笑了起来。

接下来我们分明听见查理叔叔喉头里发出来的声音，这可不是打鼾或者咳嗽的声音。这是第一次听到他发出与以前完全不同的声音，他笑了！一边笑，一边拍着自己的膝盖，直到眼泪淌了下来。接着将正在他肩头欢蹦乱跳的小查理取了下来。

"看，"他说，"这难道不是你们曾经看到过的，最乖、最可爱也是最无助的小东西吗？"

听到查理叔叔突然张口说话，奶奶吓得差点儿从椅子上摔了下来。接着，她抱着查理叔叔大哭起来。我并不像奶奶那样吃惊，因为，我知道查理叔叔只是中了魔咒，魔咒并不会长久，因为，有大爱在他身边。

感恩提示

那个安静的男人，那个寂寞的老兵，医生说，他患上了被称之为紧张性精神症的疾病，像被猫偷走了舌头，他永远不能说话。查理叔叔，忧伤地活在过去的阴影里。医生的话，像是终审判决，他用他的经验宣判，他也用他的权威宣判，他说，他永远也不能说话了，除非有奇迹出现。

她曾经收养过查理叔叔，这个时候，她站出来，说，奇迹总是有人创造！一个没有血缘的人，于是为此付出所有的温情：她给了查理叔叔一个家，一份爱，还有歌声，还有微笑……她始终相信，用爱，用始终不渝的大爱，终会治愈查理叔叔的病，让奇迹发生。

"这难道不是你们曾经看到过的，最乖、最可爱也是最无助的小东西吗？"看，奇迹就是这样发生的，查理叔叔终于开口说话了，他只是中了魔咒，魔咒并不会长久，因为，有大爱在他身边。

创造奇迹，需要大爱，有时候，爱是一味看不见的药，它让所有生病的人重新看见生命的阳光和希望。

感谢那些用爱创造奇迹的人，他让我们看到，爱的力量如此强大。

（黄　棋）

呜啦啦——全村男女老少顿时号啕痛哭，撕心裂肺般地呼喊着老人和他的男婴！不，在孩子们的眼里还有老人草屋里香甜诱人的瓜豆！

低洼田里的老人

◆高巧林

老人是村里的木匠，记不清做了多少年木工活儿，只是走遍全村每家每户几乎都能看到出自老人之手的精美家具。听说，老人年轻时婆过老婆，可惜后来因难产死了，连同肚子里的香火种子。后来，老人再也没有续婆。

时光飞逝，老人真的老了，再也没有力气干那些锯木刨板的重活了。于是，老人想到去侍弄村北边的一片荒芜着的低洼田。

老人将住进低洼田里的小草屋了。送行时，村里人简直不敢相信——真正属于老人的家产只有一口油亮亮的寿材！看热闹的孩子们好奇地缠着大人问，那个大木盒子是什么玩意儿？大人们直说了，老木匠死后睡的。孩子们看到这个神秘而可怕的寿品，一个个拔腿跑开了。

不久，孩子们上学下学或者割草玩耍走过低洼田上的拦水坝时，准会看到湿润润的新泥坬以及老人伛偻的身影和他的一架摇摇晃晃的脚踩水车。

老人总是热情地招呼孩子们进他的草屋，但孩子们一想到他的那口寿材就却步了。后来孩子们之所以一反常态一个个争先恐后地跑进老人的草屋，是因为老人从低洼田里收获了一大堆豆子，然后在土灶上炒得香飘四方诱人垂涎。这时，老人笃悠悠倚着他的寿材坐下，笑哈哈把豆子分给孩子们，要是来兴致，还会讲个稀奇古怪的故事。孩子们就常常忘了时间，总是赖在草屋里，老人的寿材也成了他们玩捉迷藏游戏时的隐蔽物。

拦水坝外的河水慢慢涨高了，低洼田里的积水也多了起来，老人就不停地扒在脚踩水车上排水。可是老人枯瘦的筋骨里终究没有多少力气了，踩着，踩着，就气喘得不成，无奈，眼帘一闭扒在水车上睡着了。

老人又来办法了，水车扒档上挂上一袋子香喷喷的熏青豆。孩子们放学走过时自然嘴馋了。老人说，谁替我踩水车，熏青豆就给谁吃。这一招果然奏效，孩子们顿时欢呼雀跃，一个个小猴子似的快捷地往水车上爬。看着混浊的积水一屃（hù）一屃从低洼田里排出来，绿油油的枝叶快活地摇晃在暖风里，老人不禁侧过脸去老顽童似的偷偷地笑。

从老人那里获得充饥解馋的瓜豆，成了孩子们一天中最快乐的事。可是，不知从哪天起，老人不再如往日那样慷慨了，甚至有些吝啬。

孩子们终于撒野了，尤其是那个绰号叫泥鳅的顽皮鬼，更是"胆大妄为"。一个星期天中午，乘老人草屋里没有丝毫动静之机，在泥鳅带领下，七八个孩子迎着微风中送过来的一阵阵甜香气，蹑手蹑脚地闯进了瓜垅。哇，一个脑袋样硕大的甜酥瓜静静地躺在稻草上。害怕与歉疚终于管不住深深的诱惑，泥鳅迅速上前去把那个大甜酥瓜摘了下来，接着孩子们好像一群饿狼崽见了猎物，把掰得支离破碎的甜酥瓜塞进哑巴哑巴的小馋嘴里。

小死鬼，那是我选留的瓜种！老人的吼声突然从草尾里冲出来，孩子们这才知道闯大祸了，纷纷沿着低洼田的土埂逃散开去。

或许是老人没力气追赶了，他坐在草屋背后的土墩上对孩子们大喊，吃了瓜无所谓，可得替我把瓜子收着！孩子们毕竟有些懂事了，一个个停下了脚步。

当老人俯下身，去土埂边小心翼翼地捡瓜子时，孩子们似乎听到了几声稚嫩而微弱的哭声。奇怪，这低洼田里怎么会有婴孩呢？没错，转眼间老人已经抱着一个襁褓，在草屋檐下轻轻颠颤着、呢哝着。后来才知道，前些天老人去镇上卖瓜，在街边的垃圾堆旁捡到了一个嗷嗷待哺的男婴。

从此，孩子们再走过低洼田上的拦水坝时，就会看到老人把最新鲜甜美的瓜豆送到男婴嘴边，总有几个调皮鬼会用泼水、掷泥疙瘩等方式去惹烦那男婴。老人见了，照例会大吼：小死鬼！言语里有不可言喻的宽恕与亲热。

老人喜滋滋地把男婴搂到拦水坝上，叫他学着喊哥哥姐姐，末了，总会闪着憧憬的目光对孩子们说，再过几年就让男婴跟你们一起上学。孩子们扑哧扑哧笑开了，因为那男婴才小萝卜样一个。可是老人听不出孩子们笑声里藏着的几分揶揄,只顾无比幸福地把他的心思塞给懵懂一片的男婴。

拦水坝外的河水涨得更高了。老人就日夜不停地踩着水车。孩子们上学放学或割草玩耍走过拦水坝时,会不声不响地扒上水车,使出越发熟练的技巧噼噼啪啪地把水车踩得飞快,老人就点一管旱烟,惬意而慈祥地歇着。最后,老人照例从水车扒档上取下香气扑鼻的炒豆奖给孩子们,只是孩子们不再像以前那样丝毫不掩饰馋意了,一个个说过谢后才恭敬地接过老人的奖励。

那一场疯狂肆虐的暴雨一定是夜深人静时袭来的。难怪孩子们从噩梦中醒来时才知道村里乱作一团。

孩子们蹚着没膝深的洪水跟着大人来到村北头的岸边一看,惊呆了——浊波荡漾的低洼地上空晃动着黑黝黝的草屋脊顶、几枝绿色蓬蓬的树梢,老人那口油亮亮的寿材正小船样随风飘荡……

呜啦啦——全村男女老少顿时号啕痛哭,撕心裂肺般地呼喊着老人和他的男婴!不,在孩子们的眼里还有老人草屋里香甜诱人的瓜豆!

孩子们含着眼泪默默地凝望着老人的寿材慢慢地随风飘来。

是男婴的哭声!孩子一声惊叫。大人们打断说,别痴心妄想了,如此突如其来的大洪水,最硬的命也是保不住的。

真的,你们听!孩子越发真切地大叫起来。

老人的寿材很快飘到了村岸边。人们迅速掀开盖板一看,里面果然躺着老人领养的那个男婴,惊恐的脸蛋儿上写着满满的泪痕。

一位村妇伸手抱起了男婴,没想到的是,男婴身底下整齐地放着一个布袋。打开一看,里面是老人收藏好的甜酥瓜种子……

孩子们哭得更伤心了!

感恩提示

低洼地里的老人,他老得再也做不了木工活时,依然是平平淡淡普普通通,除了村子里每家每户都留着他打的精美的家具外,他什么都没有留下,留给自己的,也只是一口寿材。轰轰烈烈是一生,平平淡淡也是生活,如果不是那场暴雨,老人也许就这样终止他平淡的一生。但是,恰恰来了一场雨,一场疯狂肆虐的暴雨,为老人的一生画上了轰轰烈烈的休止符,他用自己的死,用安放自己尸体的寿材，载起了一个新的生命，亲自为自己举行了一场最隆重的葬礼。

不要说生命的价值，老人不懂，他只知道，有新的生命，就有希望！

我们生活的世界，总是有这样的人，他们也许默默无闻，也许平平淡淡，但一到紧急关头，他们却甘愿牺牲自己成全别人，就像那个老人一样，他用自己的生命擎起了生命的火种，也擎起了民族的希望！

而在我们心里，从此种植进一粒感恩的种子，感谢那些平凡的生命和他们创造的不平凡的壮举！

（陈少红）

她给我写信，从来都是手写的，她说不愿意用计算机，因为打字虽然看上去漂亮，却失去了朋友手迹所传递的那份信息。

我认识的一个日本人

◆玉 禾

一

她是我非常好的朋友，我却张不开口称她为我的日本朋友。

她是我认识、交往的第一位外国人。当时我留学加拿大，一个人在圣诞节前的黄昏，在公共汽车站徘徊，不知今夜睡何处。我第一次真正为解决民生问题讲英语，抱着电话筒求救：My name is……I am from China……I need help……（我的名字是……我来自中国……我需要帮助）

当我看到来接我的车里探出熟悉的东方人面孔时，喜出望外，兴奋地用中文向她表达我找到"自己人"的喜悦，她却笑眯眯地摇摇头，用英文说她是日本人，是来接我的国际学生联络人的房客。她对于我的到来表现得欢天喜地。当天晚上，她坚持把她的房间让给我住，自己用个睡袋睡在客厅里。她的房东问了她很多遍："Are you sure(你肯定吗)？"她都笑眯眯地点头。

我站在温暖的房间里，撩起窗帘的一角向外望去，领略异国之夜的情调。一盏路灯照着白雪宁静的夜，挂满彩灯的房子各具特色，真是温馨。想到踏上加拿大的第一天就遇到好人，心里充满了感激。

我们俩很快成了好朋友。原来，她也在维多利亚大学读书，也是留学生。她穿着笨重的不合脚的大靴子，带着我熟悉环境。我没好意思问：在我看来是很难看很笨重的靴子，难道是新的潮流？她的土黄色外套也实在太乡气了。后来听她讲才知道，这双靴子是她在 yardsale(美国人喜欢在自家庭院前摆出不用的、准备扔弃的物品，低价卖出)买来的。她从小艰苦惯了，家里经济条件并不好。房东请她去参加音乐会，大概觉得她的靴子不适合那种场合，见我的皮靴很新，问我可不可以借给她穿，我忙不迭地点头。

她很好客，总是"宴"请朋友，但每次做饭，菜都不够吃；我们面面相觑，没吃饱，又不好意思开口。每到这时，她就满脸惭愧地道歉，解释说小时候父母只在她一大碗饭顶尖放一点点菜，她已习惯了，所以做的菜往往分量不够。我虽然看过《野麦岭》，关于日本人的艰苦勤俭也有印象，但是真正这么感性的认知，还是第一次。

二

走在街上，我慢慢地拼凑着英文介绍自己，讲我一个人也不认识，就这么坐飞机来了。她很夸张地做个要晕倒的姿势，夸奖我真了不起。我觉得她很好玩，我以前从来没有遇到过像她那样动作、表情、语调那么夸张的人，我说一点点事，她也会大声地笑，刚开始我会不解地望着她，因她笑而笑。她吃饭时总是眯着眼睛，摇头晃脑，一副无比满足、享受美味的神态，不停地赞叹："Delicious(好吃极了)！"看她吃饭，仿佛是欣赏一场表演。

她对我像老朋友一样亲热，仿佛她是我从小就认识的好朋友，没有半点儿隔阂。尔后，通过我她又认识了其他中国学生，她对他们也是那么热忱。每个人在她的眼里仿佛都是完人，从没听她批评过别人，如果有人做了不对的事，她也会替他找找理由。

原来，她是一个基督徒。被她这面镜子一照，我很羞愧地看到我的缺点：看人常常看到他人缺点，因为他的缺点而不屑与其交往。

当然我的首要任务是找房子住，她和她的房东热心地帮我看广告，到处打电话。结果找到一处非常好的：300加元一个月，吃住全包，而且离学校很近，走路就能到。我很兴奋，她却若有所思。我不识相地问她一个月付多少房租，她轻声地不好意思地说："500加元。"

房东小姐表情有点儿尴尬，说："我们这儿条件要好些，离学校近……"我对这两位刚认识的热心朋友很过意不去：也许她可以要下这300加元一个月；糟糕的是我无意中起了"离间"房东与房客的关系。而她又是这么难找的房客：每周帮房东大扫除，吸尘、擦镜子、清洁浴室。

三

后来她还是搬到她一位基督教朋友家去了，房租350加元，她又当上了义务babysitter（婴儿保姆）。

她永远那么投入地帮助别人。如果细算下来，是很不合算的，但她仿佛一点儿也不介意，总是陪房东的两个孩子玩游戏。

她经常来找我玩，提起经济有点儿紧张的事，我的房东太太问她愿不愿意打扫房子，每小时3加元，她很感激地答应下来。看她劳动，我明白了什么是敬业精神。简简单单的打扫房子的工作，她做得一丝不苟：跪在地上哼唷哼唷地擦地板，撅着屁股吭哧吭哧地刷浴缸。

我的房东太太自然对她的工作满意极了，又叫她照看六七岁的女儿。别人看小孩，都是在家里陪孩子看电视、玩玩具；她呢，戴上头盔，穿上旱冰鞋，和精力无比旺盛的小孩比赛旱冰球。只见她跑得气喘吁吁，汗流浃背，还拼命地追着小孩跑。

有一次她又背着大书包，来到我的住处，我看她有点儿疲倦，问她是不是不舒服，她摇摇头说只是有点儿累，刚在学校献了血。我赶快叫她躺下休息，要给她做点儿东西吃，她笑我大惊小怪，说她经常去献血，今天是碰巧有点儿累了吧。

我更吃惊了，问她献过几次血，她笑眯眯地伸出指头说：25次。而她才23岁。我献过一次血，那还是在大学里，不献血不让毕业才去的。相比之下，我好惭愧啊。

后来,她和一位基督徒恋爱、结婚、生子,对方收入不高,她又留在家当家庭主妇,竟然很久没有钱回日本。而我到美国读书时,给她打电话,她居然叫我挂了,她要给我打回来;她给我写信,从来都是手写的,她说不愿意用计算机,因为打字虽然看上去漂亮,却失去了朋友手迹所传递的那份信息。

作为一个纯粹的朋友,她是最好的。但她是日本人,我总是觉得隔着一层,不愿意和她走得太近。我有朋友回国从不坐日航,尽管日航便宜;在美国时,有一位日本朋友非要带我们去海边玩,我心里感谢他,却又有不情愿的心绪。和日本人打交道时,往往很矛盾,无法敞开心扉接受他们的友情,又不想把过去的债加在新一代人的头上,于是,我就有意远离日本人,省得左右为难。

基于这种心情,我离开维多利亚后,就疏远了和她的关系,很少给她打电话或写信。张纯如的《南京暴行:被遗忘的大屠杀》出版后,我买了一本,很想给她寄去,对她讲我心中作为一个中国人的伤痛,对她讲我的心结,面对她的友情我却沉默下来。犹豫了很久,还是没有寄出。

感恩提示

我国古代有一句话说:"以铜为镜,可以正衣冠;以人为镜,可以明得失。"在现实生活中,人与人的交往,常常就会成为对方的一面镜子;不仅感受到友谊的温暖,同时也能看清自己身上的缺点和问题。一次偶然的电话求助,拉近了一个中国留学生和一个日本留学生的距离。孤身一人踏上异国土地的"我",因为她的出现,体会到了一种意外的温暖。而随着她们之间交往的继续,"我"不断地从这面特殊的镜子里,照出自己的不足之处。她热情开朗对人充满了善良,她勤劳俭朴,做事情踏踏实实。她对整个世界都怀着爱心,但却不事声张默默无闻……

她们之间的友谊正是在这种互相关照中越结越深。虽然因为国籍和历史的原因,文章里的"我"始终无法彻底走近对方,但那种真正的朋友般的友谊却一直在继续。可以说,当她们真心相对时,那份友谊早已超越了国界,而成了人与人之间一种纯真的情感。

(陈少红)

音乐是发自内心的艺术，只有真正高尚的人，才能把音乐的真谛演绎到极致。

埃尼森先生的电子信

◆ 林惠珊

我一直觉得自己的运气不算好，所以我做任何事情都一直够努力够拼命。所谓天道酬勤，我是信的。

2003 年，我到美国快半年了，一直没有办法如愿进入当地的音乐学院继续深造，只好赖在加州做计算机工程师的男友家里，干些零星的家庭教师一类的工作。收入也能支撑生活，不过当初出国的目的绝不止于此，我又如何能甘心呢？

机会终于被等到了，5 月，全美钢琴大赛，我拿到了第四的名次，也是华人取得的最好名次。是的，我多年的努力终于看到了回报，因为这次比赛，他们给了我一个在费城音乐学院继续深造的机会，负责招生的埃尼森先生在给我的电子信里说了：我们希望我们的学生是拥有"高尚人格"的学生——这句话很令人费解。

笔试 7 月 30 日，面试 8 月 18 日。笔试很顺利，考完我就辞去了所有工作。8 月 14 日下午，练了 3 个小时的琴，有些累了，于是决定休息一会儿。意外的是，一向睡得很沉的我，竟然被热醒了！我明明记得开了冷气的呀！开灯，没反应；开电视，也没反应。停电了？我拉开窗帘，简单梳洗了一下，准备出门去看个究竟。

路上是匆匆忙忙的人群，每个人都神色焦灼，难道"9·11"重演？还是恐怖分子袭击？上帝啊，我一边画着十字一边祈祷：千万别有任何突如其来的事件……走到附近的社区服务中心门口，我正打算推门进去问问究竟发生了什么，谁知一个从里面出来的华人男士不由分说就拽着我往里走去，边走边说道:"何太太你来得正好，我想你一定是来帮忙的是吗？到处都停电了，场面太混乱，好多人跌倒，受伤，我们正缺帮手……"我定神看看，是隔壁的阿辉，一口的港式普通话。

我刚想摆摆手，可已经被带入一间临时病房模样的房间，到处都是受伤的人:"何太太你负责那边 10 个床位，伤得不是很严重，你给他们倒倒水，陪着说说话就好。"

怎么办呢？好像贸然离开也不是太礼貌，不如应付一下就偷偷溜走好了。这样想便安下心，耐着性子做起事情来。一边做我一边看表，最多一个小时，我告诉自己。

"何太太，你照顾一下米克先生，他刚刚在地铁站受伤了，已经做过了紧急救治，可是他家在 23 层，所以暂时只能待在这里。"

"何太太，这是罗宾逊太太，你应该认识的吧，听说你教过她的女儿。你陪她聊聊吧，她太紧张了，上次她一个亲戚在'9•11'中丧生，说什么她也不肯相信这是普通停电，而且她先生又不在身边……"

事情慢慢变得不受控制起来，越来越多的人被送进来，却看不到谁出去。电力还没有恢复，小小的社区疗养中心已经拥挤不堪。我实在很想离开，但手头的事情没有做完，另一件事情已经吩咐下来。任何一个人都可以命令我，就像我也可以命令任何一个人一样，只要是为了救助的目的。

终于，我只感觉眼前一黑，然后便不省人事了。

醒来的时候，我躺在医院的病床上，床边放着一大束洁白的马蹄莲。男友的脸上是温和的笑容:"你真勇敢，Cherry，我没想到你会这么勇敢。你让我看到了你最美丽的一面。"

美好的赞扬！可是我听不进去，我只想回家，练琴，我只知道，我快要考试了。

8 月 18 日，我从医院回家之后的第三天，在费城音乐学院的老师面前，我弹错了一个音节。该死的大停电！该死的社区服务！其实早该知道，如此大强度的练习，早已令我的身体不堪重负，又哪里经得起 14 日晚上那一番折腾？是我自己亲手毁掉了美丽前程……

我看到其中一个老师是我认识的，他也曾经是全美钢琴大赛的评委，埃尼森先生,当时他给过我一个极高的分数。我一定令他失望了吧?可是我讲不出理由——任何人都可以为自己的失败找到借口,我不想在才华和道德上遭受双重的误解。或许,这真应了幼年的感知:好运气终不会落到我头上。

于是,回到加州的家中,打算继续我那平淡如水的家庭教师生活。

两天后,邮箱里多了两封来自费城音乐学院的邮件。第一封的内容是这样的:

> 亲爱的 Cherry,很高兴通知您,您已被费城音乐学院录取,请在 2003 年 9 月 15 日之前来校报到。
>
> 招生办公室

而第二封,却是这样的:

> 亲爱的 Cherry,您应该已经收到了录取通知,但是您一定在疑惑,因为上一次面试中您的失常表现。我想说的是,其实本来你早就失去了机会,因为我们临时取消了本年度华人的录取名额。然而我们读到了有关 8 月 14 日加州大停电的报道,您躺在病床上的照片令我们深深震撼。音乐是发自内心的艺术,只有真正高尚的人,才能把音乐的真谛演绎到极致。而您,就是我们一直在寻觅的,拥有娴熟的技巧,也拥有高尚人格的学生。
>
> 您的埃尼森

我第一次为成功之外的东西掩面而泣。我一直以为,只要自己努力进取,人生便可完美,生命便可无憾,所以我执著追求,从不肯施与任何看不到回报的付出。偏偏一次无可奈何的救助,竟成就了我高尚的人格。

感恩揭示

埃尼森先生在他的电子信里说:"音乐是发自内心的艺术,只有真正高尚的人,才能把音乐的真谛演绎到极致。"其实不单单是音乐,文学、体育、绘画、手工乃至钳工、车工、刨工甚至搬运工、保洁员……世上的哪一项工作，都需要一个心地无私的人，才能真正做得好！人的精神品格，看不见摸不着，却是彻彻底底影响着他所从事的每一项活动，"高尚是高尚者的通行证，卑鄙是卑鄙者的墓志铭"，时间会佐证，并在你人生的履历上，画上或美好或丑恶的印记。

Cherry 的遭遇是不是告诉我们这样一个道理呢，一个有才华的人，如果品格低劣，他即使得到了机会也会转瞬间失去；而一个品格高尚的人，即使他不那么完美，但他总会在最关键的时候比别人多一次机会。就这么一次机会，也许会改变一个人的一生！

有时候，人与人的竞争，不再单单落实到技术的层面上，最关键的，也许恰恰是品格的较量。由此可知，锤炼一个人的品格，是人生路上多么重要的一件事！

（陈少红）

记住，这里长眠的是你们的另一个父亲，是他让你们健康地成长到现在，你们什么时候都不应该忘记！

另一个父亲

◆邹扶澜

那还是 20 世纪 70 年代中期，人们的生活还比较贫困的时候，岳丈就偷偷地做一些小本生意，他收了人家的货，再发出去，赚取其中的差价。那时候岳丈的儿子 5 岁，女儿——也就是我的妻子 1 岁，他们的日子过得比较优裕。

那时一位烟台的客户，常来送货，他是一个中年男子，姓刘，留着络腮胡，一看就是那种诚实憨厚的人。每次来的时候，岳母都要炒上两个小菜，让他跟岳丈喝点儿酒，他的胃口不太好，能吃的菜就是豆腐和炒鸡蛋。

那时候账都是赊欠的，人家欠岳丈的，他欠人家的，年底一把结清。谁知那年，他供货的那方家里起火，一夜之间烧了个精光，岳丈积压在那儿的千余元钱的货物也付之一炬。还没到年底，家里要账的就挤破了门，岳丈只好求亲告友，东凑西借，打发走了这家又来了那家，好端端的日子骤然陷入了困顿和窘迫，简直连吃饭都成了问题。

腊八那一天，烟台的刘姓客户来了，岳丈跟岳母最犯怵的就是他，因为欠他的钱最多，足有200多元。他显然也知道了事情的变故，更看出了岳丈家眼下的困境，所以只低着头喝水，不提要钱的事。临近中午的时候，他从炕上下来，提出要走。岳母怎么也不答应，到邻居家借了个把鸡蛋，又出去买了块豆腐，留他吃了饭。他吃得很少，话更少，说胃疼，吃不下哩，把大半盘的鸡蛋用筷子挑着给我的妻子和她的哥哥。岳母看着，背过身去抹眼泪。走的时候，岳丈把费了好大劲借来的几十元零头给了他，让他先拿着回去把年过了，说余下的200元慢慢地再还他。事已至此，真的没有办法了……他拿在手里，一张张地捻着，叹了口气，岳丈就知道他是嫌少了。谁知他却拿出了一半递给了岳丈，说："不能光我过年啊，你还有两个娃，苦了大人不能苦了孩子，那些慢慢再说吧。"说完他就走了。

因为没有了业务上的往来，加上他也知道岳丈短时期内拿不出那么多钱，所以以后也就很少来。偶尔来的时候，他都借故说是出差路过进来看看，问问岳丈最近的情况，吃顿简单的饭，绝口不提钱的事。他越不提，岳丈岳母也就越不好受——贫穷能让人变得多么无奈和棘手啊！

再一次来的时候，他用竹筐捎来了两只猪崽子，说："你们养着吧，养大了我会找人来收的。"那时候一只猪崽也得二三十元钱，家里真是连猪都捉不起呀！岳丈看着两只胖墩墩的小猪崽儿，面露难色。他微微一笑，又说："猪崽儿是我家猪下的，不要你钱，你只管养就行了。"岳丈知道他是想借此赞助自己把"债"了却，就感激地留他吃饭，他推说事忙，只喝了杯水就走了。

后来的情况是，一只小猪养了不到一个月，得了疟疾死了；另一只因为营养跟不上，养到年底还不过150斤重，开了春，到了盛夏，猪还是没怎么见长，岳丈只好卖了，卖了98元钱。他们没敢花，凑足了100元打算等他来先付给他，可是一直不见他来。岳丈只知道他是烟台桃村县人，他有两个儿子，大儿子10岁，小儿子8岁。除此以外，别无他知。

一年过去了，两年过去了，他的影子还是没出现。后来，因为有事急用钱，就先拿出来花了。

又过去了 5 年,岳丈家的生活好了起来,有足够的能力还那笔钱了,他还是没来,家里的人就猜测着他是不是出事了,或者……是出现了其他变故?岳丈几次想去找他,可是都因为手头一些事缠着,加上自身懒惰成性不好动,没有去成。再后来,随着时间的增长,他就渐渐地把这件事淡忘了。

一直到了 1997 年,岳丈村里当时跟自己一起做生意的一个人出差到烟台,在路上遇见了一个桃村的人,两人就拉了起来。岳丈村的那个人也认识那个刘姓的客户,就问起他,他笑了笑,说那是先父,不过现在不在了。那人又问起岳丈的名字,他就告诉了他,那人听后爽快地说:"你能不能给他捎个信,让他到我家来一趟,父亲临终前有桩事嘱托我还没办,我想跟他说说哩!"

岳丈知道后,真是悲喜交加,喜的是 30 年的心债终于可以偿还了,悲的是这么好的一个人竟然早早地走了。最后,岳丈和岳母带上许多钱物,按照那个人留下的地址去了。

他的大儿子——就是那捎信让岳丈来的那个人接待了他们,当然他也是30 多岁的人了,可是只需一眼,他们就从他脸上看出了他父亲当年的样子。岳丈和岳母先是表示歉意,然后拿出了 2000 元钱,让他留下。他嘿嘿地笑了,连连地摆手,说不是这个意思,接着起身到里屋,翻弄了一会儿拿出一张褪了色的米黄色横格纸,递给岳丈。岳丈看了看,见是他父亲生前的账单,其中在他们那一栏里用蓝笔画掉了。见岳丈疑惑,他就拿过去,用低沉的声音解释道:"父亲在世的时候就常跟我们说,到你们家受了很多恩惠,说您跟伯母是两个好人……可是,那一年,父亲的胃病又犯了,特别重,弥留的时候,他把我叫到跟前,嘱咐我以后一定找到你们,代他向你们问好,有空接你们来家玩玩。父亲还嘱咐我,说你们家里日子过得艰难,两个孩子还小,那 200 元钱就不让我跟你们要了,他不放心,又亲自要过笔去,画掉了……"

他还要讲下去,可是他们两个人都听不下去了,嘤嘤地掩面哭起来。末了,岳丈提出到他父亲的坟上看看,大儿子就领着他们去了。刘老汉的墓掩映在一株粗大的柳树底下,四围是青青的草丛,显得特别的突兀,岳丈跟岳母什么也没说,就俯身跪了下去……

他的大儿子终于没有留下岳丈一分钱,只收下了岳丈带来的几瓶白酒和一箱他父亲生前爱吃的鸡蛋。

以后，每年的清明时节，岳丈都会带着儿子和我的妻子到桃村去，有时候也带上我。每次在他的坟前，岳丈都要久久地长跪着，呷上一盅酒，喃喃地跟他说着什么。起身的时候，他就用那条大方手帕擦干泪，对我们重复那句说了几百遍的话："记住，这里长眠的是你们的另一个父亲，是他让你们健康地成长到现在，你们什么时候都不应该忘记！"

感恩提示

其实也不过是君子之交而已，不过是多炒了几个鸡蛋，却让人记住了一辈子，关键是，在"你"遭难的时候，人家不但没有在背后捅你一刀子，反而向你伸出了援手——这可不是一般的支援，很多人山穷水尽，也许就是少了伸过来的这把手。

薄情寡义、两面三刀、趁火打劫……这样的人不是没有，从古至今，这样的反面人物，同样大有人在，他们被唾弃在历史的角落里，被鄙夷在人们的眼角间。正因为有这样的人存在，那些"情比天高，义比地厚"、"滴水之恩，涌泉相报"的人才更加显得可贵！

知道感恩的人，才是值得尊敬的人；懂得感恩的人，才是我们应该感恩的人！常有人说，你敬人一尺，人便敬你一丈，爱心本是环环相扣的一串项链，少了哪一环，这感恩之心都会在遗憾中断裂。

记住，我们都是那爱心项链中的一小环，只要我们有爱，爱就会传递下去！

(黄　棋)

我永远记得那些慷慨给我面包的人。今天我有面包吃，也希望分一块出去，给没有面包的人吃。

隔壁的翠老太太

◆（中国台湾）龙应台

篱笆外头，有人在招手。苹果枝丫一片花的粉白，遮住了那个人的脸，可是我想起来了：隔壁翠老太太约好要来喝杯茶，她来晚了，我也几乎忘了这约会。

腰杆儿挺直的老太太很正式地和我握手，然后将左手托着的一盘蛋糕递过来："我知道你不会有时间烘蛋糕。"她说，"所以我就烘了一个。"

切蛋糕的时候，她再度为迟到道歉："您知道我为什么晚到吗？今早在火车上，和一个年轻女人聊起来。竟然是个苏联人，偷偷在这儿打工挣钱……才来一个月，我就把她请到家里吃午饭，带她逛了逛，看看德国的环境……"

苏联？我记起来了。在刚过去的这个冬天里，翠老太太在结冰的小路上摔了一跤，差点儿跌坏了腿。她到小村邮局去汇款，500马克，汇入救济苏联过冬的特别账号。

每年入冬前，翠老太太会囤积40公斤的苹果，存在阴凉的地下室。"一次买40公斤，"她说，"可以比零买省下好几块钱呢！"她很得意地要我效法。

这样的一个人，怎么会踩着薄冰小路去汇500马克……好多钱哪，对她而言——给一个她从不曾去过的国家，那遥远的苏联？

"这种蛋糕，"老太太选了一块大的，放在我碟里，"一定要新鲜吃，隔一天都不行。"

我端上滚热的茶，香气弥漫着客厅。

"那个苏联女人，我送给她一袋衣服和化妆品。"老太太在茶里加奶，她的手背上布满了褐色斑点，"她显得很难过，害我也觉得不知如何是好，似乎伤了她的自尊……她说，离开苏联以前，她一直以为不管怎样苏联都是个世界强国哩！"

"我没到过苏联，可是，您可以说我对这个国家有着特别复杂的感觉，"她慢慢地喝茶，"您知道德军在二次大战期间包围圣彼得堡的历史吧？围城 900 多天，城内一草一木都被啃光，到了父母易子而食的地步。我不认得什么苏联人，可是我觉得德国人对苏联人有历史的债……我在帮着还债……"

她也知道她的 500 马克不知道会落在谁的手里；她也知道一卡车一卡车来自德国的救济物资，堵在苏联荒僻的转运站口，不见得运输得出去；她更知道苏联很大，再多的人再多的汇款，也不过是杯水车薪；她也看见，在电视上，"捐款苏联"变成一个如火如荼的媒体运动……

"您知道我是生在波兰的德国人，战败后我们被赶出家园，流亡到德国，我那时只有 20 岁，在一个小农村里总算找到了一个小学教师的工作。住在一个没有暖气，没有食物的小屋子里。每天下课之后，您知道我干什么吗？"

老太太微笑着，眼里流过回忆的一点柔和："等孩子们都走光了，我这做老师的，逐行逐排地弯腰去捡孩子们吃剩掉落的面包碎屑，捡起来，带回冰冷的房间，偷偷地吃……有时候，吃着吃着，眼泪就掉了下来……

"当时，有些农夫，种了些马铃薯、番茄，知道我是个流亡的外乡人，总会一句话不说地在窗前放个南瓜、几个马铃薯、三两块面包……

"我永远记得那些慷慨给我面包的人。今天我有面包吃，也希望分一块出去，给没有面包的人吃。"

老太太眼光转到窗外，有鸟雀来啄食我撒在草地上的玉米。她看了一会儿，回过头来，说："您知道吗？我们是连夜逃离波兰的，苏联人的炮火声不断地跟着我们的马车……"

我们安静地坐着，听见教堂的钟声当当地响起。

感恩提示

一个开支精打细算的德国老太太，为了省几块钱，她可以一次囤积 40 公斤的苹果，存在阴凉的地下室慢慢吃。可是，就是这么一个节省的老太太，却大方地把500马克汇入救济苏联过冬的特别账号里。苏联，对这个老太太而言其实是一个陌生的地方，她既不是苏联人，也没有在那里生活过，但是在她的内心却有一股巨大的力量推动着她去用自己的方式帮助那些贫穷的苏联人，救济那些苏联人，而这一切，都源于那场著名的战争，法西斯德国发动的第二次世界大战。这个可爱的老太太以为，大国苏联的积贫积弱，都和这场战争有关，苏联人的颠沛流离，都和德国有关，她觉得德国人对苏联人有历史的债；而作为德国人，她有义务帮着还债……

正是德国有许多和那个老太太一样的人，他们用自己真诚的忏悔方式，在战后为当年的罪恶赎罪，这才使德国重新赢回了世界的尊重！发动战争的人早已烟消云散，但是，和他同宗同祖的人，依然在过着忏悔的生活，这让我们铭记历史的同时，不得不说：我们不要战争，我们要和平！

（黄　棋）

老人教导我，即使受到别人一点儿小恩惠，也要懂得回报，生活虽然清苦，却能拥有富足的心灵。

吹笛子的老人

◆[韩]柳时和　陈香华/译

"老婆在去年死了，留下5个嗷嗷待哺的孩子，家里什么吃的都没有。"为了卖一支笛子，卖笛子的老人对着陌生的我描述家里的窘况。虽然喜欢印度笛子音乐，但老人用竹子做的笛子相当粗糙，让人实在没有购买的欲望。或许是一开始没有拒绝，他继续缠着我不放。

"这是很好的笛子，你在印度其他地方，绝对找不到这种真正的笛子。家里最小的孩子正在发烧，没钱医快要死了，拜托买一支，我算你便宜一点儿。"

明明知道是谎话，但我看着他说："是不是连房租也交不起，被房东赶出来了？"

"天啊！你是怎么知道的，我们真的是流浪在街头。求您做做好事，买一支吧！"

"当然，一个礼拜里你一支也没有卖出去吧？"

"对啊，即使知道是好笛子，但除了你以外，又有谁会买呢？"

老人说完以后，为讨我的欢喜，马上拿起笛子吹奏起来。不知是否因为长期卖笛子，老人吹笛子的技艺甚为精湛。悠扬凄凉的笛声在恒河江边落日的映照之下，竟教人有些感动。

在这之前，我到印度旅行时都会买几支笛子。别看卖笛子的人信手拈来吹得很容易，买回家以后，可能是技术太差，往往怎么吹都吹不出声音来。有了前车之鉴，我不想再买一支多余的笛子，便决定施舍给老人10卢比。然而从口袋里掏钱时，却跑出100卢比的纸币。就在我犹豫的瞬间，纸币已经到了老人手中。老人拿到钱以后，马上合掌跪地磕头："感谢您！神一定会记得您，您的恩惠终生难忘！"

想要拿回钱已经太迟了，白白损失100卢比，虽然不是滋味，但也只好勉强露出慈悲的笑容。老人意外地获得一笔钱财，跟在我后面道谢，我挥挥手合掌向他示意快走。

回到寄宿的旅馆，由于没有什么事情，早早就上床睡觉。天亮之前，耳边忽然传来一阵笛子的声音。

揉揉惺忪的双眼，我打开窗户往外看，阳台下老人正吹奏着笛子。老人一看到我就举手招呼，接着马上演奏像是印度人习惯在早晨听的传统音乐。昨天才给了他100卢比，没想到今天一大早又跑来要钱，我不禁有些生气，立刻把窗户关上。

老人得寸进尺的举动，让我一下子睡意全消。关上窗户后，优美的笛声仍然继续不断，我慢慢地穿好衣服，想着如何回应以免再受到纠缠。老人看到我走出来，对着我合掌道早安。我表情严肃地说："老先生，你说说看，昨天不是才给你钱，怎么可以又跑来要呢？我根本不想跟你买笛子，快离开这里吧！"

"我不是那个意思。"老人说，"请听我说。得到你的帮助实在无以回报，我决定只要你在这里，每天早上都来为你吹奏笛子。"

听到老人诚恳的回答，我才发觉错怪了他。老人没有撒谎，也不是来讨钱，他只是想要表达心里的感谢而已。

老人没有食言，自那以后一连 5 天，他早上都来到我在恒河江边的住处，吹奏着优美的笛声。而我每天清晨在笛声中醒来，打开窗户，看着灿烂的旭日自恒河升起。老人的音乐，让我迎接充满活力的一天。

微不足道的 100 卢比（约合人民币 20 元），让我得到了最好的礼物。老人教导我，即使受到别人一点儿小恩惠，也要懂得回报，生活虽然清苦，却能拥有富足的心灵。

由于老人的心意，我能自豪地说，有谁比我经历过更多彩多姿的印度旅行呢？据我所知，即使是元首访问印度，也没有像我这样在清晨享受到笛声晨叩的礼遇吧！

感恩提示

当你被欺骗得麻木以后，你的口袋里掏不出一枚硬币，即使是一个真正需要你帮助的人。很多次，我碰到有人向我请求："请帮助我吧，我只要买一张回家的车票！"可是，当你刚接受完他的道谢，一转身，他又用同样的方式，从别人的口袋里掏到了钱；同样是这样的，一个流落街头的乞丐或者缠着你买花的小女孩，你施舍了他们，却在某一天的报章里看到，乞丐已经成为职业，事实上他们并不贫穷，卖花的小女孩，是大人放出来的催泪弹，目的是让你乖乖就范。

用欺骗爱心的方式博取同情，善良自然会大打折扣；那些当真需要帮助的人，因为这些欺骗的存在，于是失去了被人帮助的理由。

但世上依然有像那个吹笛子的老人一样的人，他们困顿于生活的泥潭之中，却依然有一颗纯洁的心，清脆的笛声，是他们真诚的鸣谢和报答！感谢那个老人，感谢笛声！

（陈少红）

马 师 傅

◆王曼玲

10多年前，我在昆明陆军总医院当护士，那已经是我在护士这个职业上工作的第9个年头了。生活没有什么起伏的变化，甚至更加平静，静如止水。而我对于自己的职业和家庭都不满意，9年前我是遵从了母亲的指示学了护士专业的，所以从一开始就有逃离这个职业的打算；我喜欢文学，总幻想着有一天能成为一个作家。业余时间我写一些豆腐块在报纸上发表，这些作品却成了我不安心工作的"罪证"，逃离的愿望不仅没有实现，似乎更渺茫了。看看自己未来的人生，没有看到一点儿亮光，像走在一个长长的隧道里，隧道还不通电。

那时我在眼科，每天的工作就是配隐形眼镜，我对一个又一个来配隐形眼镜的人讲解戴眼镜的方法和保养的注意事项，重复重复再重复。这样的重复让我厌恶，甚至沮丧。有一天，我准备下班，发现自己挂在门边的一件外套没有了，这无疑是某一个人在我工作繁忙的时候，顺手牵衣牵走了。外套很普通，只是外套衣兜里的单车钥匙也没有了，我很恼火。这时一个男人急匆匆地闯了进来，他步子还没有停下来，就说，医生，实在对不起，我下班晚了，眼镜昨天就掉了，再不配上就上不了班了。我本来肚子里是有气的，但是对病人发脾气是我多年来最为忌讳的一种行为。还没有等我说什么，他又说，我姓马，是你们的老病人了。我看了看他，一副工人的样子，说中年像是把他说老了，说青年又更不像。他很深的眼窝，浓黑的眼眉，挺直的鼻梁，络腮胡被刮得青青的。

那时，我们可供配镜者选择的隐形眼镜有三种，前两种都是进口原装，戴在眼睛里几乎没有异物感。还有一种是我们自己磨制的,透气性能很差,每天都必须卸下镜片清洗。马师傅选择了最后一种,我向他介绍其他两种镜片他都拒绝了,他说,戴惯了。当然,我们自己磨制的镜片从价格上来说,也便宜得多。配好了镜片,马师傅和我一起下楼来,走着走着,我长长地叹了口气,马师傅问我有什么烦心事吗?我把丢衣服、丢车钥匙的事说给他听了,他说他帮我开锁。果真,他从守车人那里借了工具,两下就把锁打开了。他说他是一个八级工。

过了不到一星期,马师傅又来了,他的眼睛又红又肿,我知道是因为隐形眼镜使眼睛发炎了。他说,都怪我自己,昨天晚上睡觉的时候忘了取镜片了。我给他开了眼药水,又劝他换进口镜片,他还是笑嘻嘻地说,戴惯了,不换。我嘱咐他这几天都要到我这里来检查。接下来几天,马师傅都来检查眼睛,有时快下班了才来,有时急匆匆的就走了。他说,孩子上幼儿园,要接。我心里很纳闷儿,像他那个年纪,孩子再怎么也该上初中了。有一天,我突然想起了他是高度近视,他的孩子百分之九十是会遗传的。我建议他有空的时候把孩子带过来检查检查,他说,谢谢了,不用,她不会得近视眼的,他说得很肯定。

一天快下班的时候,马师傅又来了,提了一个气压暖水瓶,他迟疑了半天,终于说出暖水瓶是专门送来给我的。我很奇怪,为什么送暖水瓶。他说这个暖水瓶是他们厂出品的,是他亲自挑的。我推辞着,他不再说什么,只是用眼睛定定地看着我,我看出,他送我这个暖水瓶是用了很大的勇气的。我收下了。

马师傅还是把他的女儿带来了,他的女儿有一个很好听的名字:马莎。我给她测了视力,真的很好,一点儿也不近视。我说,真是幸运,不管她母亲近不近视,像你这样的高度近视是一定会遗传的。马师傅不再说什么,还是笑嘻嘻地叫女儿谢谢我。

马师傅经常来,我们自制的隐形眼镜的确不过关,我想他经济一定不富裕,也不再劝他换镜片了。有一天,他来了并没有说镜片的事,而是坐在候诊的凳子上,等所有的人都走了以后,他突然从衣兜里拿出了几张报纸,是《春城晚报》。我一看,那几张报纸都是登有我的小豆腐块文章的,我惊得一下子说不出话来。马师傅说,都是你写的。我点点头,他说,写得好,我喜欢看。我的心还是咯噔了一下,我写稿子的事几乎是秘密,我不想让同事知道我在写作,但是,我写的东西能被我的一个患者重视、喜欢,我还是很感动。他接着说,哪天我们骑车去散散心吧,我陪你。我没有想到他会这样说,我用疑惑的眼光看着他。他说，没什么，我只是想你该出去散散心，你心里积了很多事。我吃惊看似一个粗人的他竟然这样心细，我想起了我的那些小豆腐块，的确是一些小情小调，还不时会无病呻吟。

但是，马师傅的真诚还是让我同意了。一天下午我们一起骑上自行车向城外驶去。在昆明已经住了3年多了，但是骑着自行车到郊外我还是第一次。我们骑到了一条只是行走马车的土路上，边骑边看周围的一切。眼前是大片的田野和长得看不到头的绿化带，我居然听到了树上的鸟叫。我惊奇地喊道，还有鸟！马师傅呵呵笑着，一脸的满足。马师傅说他在心烦的时候就一个人骑车到这里来，看看风景，听听鸟叫，烦恼就没有了。这样的感觉我很快就找到了，我快速蹬起了自行车，风也热烈地迎着我奔跑过来，那样的感觉真的很爽。

我不知道马师傅有什么特殊的本领，不知不觉中感到和他在一起时心情很愉快。他的话并不多，他讲工厂里的事，我很新奇，那是我完全不知道的一个世界。他是回族，他还讲一些有关穆斯林的故事和节日，我也听得津津有味。有一天，他说请我到他家吃饭，他专门做了牛肉。

说好了地点，说好了时间，我进到他的家时才发现这是一个没有女主人的家。家具自然是很陈旧，甚至破烂，是一套两居室的房子，尽管在七楼，依然感到房间里光线很暗，后来我才发现，马师傅把阳台隔成了一间小屋子，只有这间屋子是明亮的，马莎住在里面。马师傅做好了饭，他说，我是唯一一个进到这个家里来吃饭的客人，他说我能来他简直是太高兴了。他一个劲地为我搛菜，他看我吃得香就做出一副很满足的样子。后来马莎吃完饭后下楼玩去了，我问他，你爱人呢？他淡淡地说了一句，她跑了，跟着一个广东人跑了。我没有想到是这样的，这应该是一个男人最尴尬和最窝囊的遭遇了。我说不出话来，就抢着洗碗，进了厨房，他说，她嫌我穷，我不怪她。我听着，一句话也说不出来，心里觉得紧紧的。马师傅站在一边，慢悠悠地说，她是穷怕了。她命苦，我是看她可怜把她和马莎领回来的，马莎还没满月，她们缩在我们厂门口，可怜死了。马师傅叹了口气，说，可是，我还是不能给她好日子过。我不怪她，她不好过了还会回来的。

我没有想到这就是马师傅的故事，我以为自己是活得最不如意的人，我心安理得地接受马师傅给我的安慰，其实，他才是不折不扣的倒霉鬼。

我走的时候，他把一个剪报本拿了出来，我的那些豆腐块剪得整整齐齐地贴在上面。他说，你写得很好，我很喜欢看。我突然感到羞愧极了，我想不管这些是不是我的"罪证",我还会再写下去的,但是,我不会再写那种无病呻吟的东西了。生活比我想象的要实在,面对这实在的生活,还能够宽容地对待生活的人是强大的。难怪马师傅要同情我、安慰我,他真的比我要强大得多。

没有多久,我因为工作关系离开了隐形眼镜的配镜室,我依然在护士岗位上,只是我不再抱怨自己的处境,我学着换一种目光去看生活和看别人。一年以后,我考上了解放军艺术学院文学系。生活进入了另一条轨道,我也似乎觉得自己正意气风发地走在了一条大路上,那是一些阳光灿烂的日子。接下来是毕业以后进入了专业创作队伍,我如愿当上了作家。我出版了许多作品,远远超过了当年的那些豆腐块。这些日子像一层亮丽的布帘子,把过去的生活覆盖了,也覆盖了我在困难时期一个善良的师傅给我的安慰。

前年春节回昆明过节,我忽然想到了他——马师傅。第二天我就出发到我记忆中的他的住家去,我没有想到那里已经成了一片建筑工地,一辆庞大的大吊车在孤独地转动着。我傻傻地站着,那个曾经给我力量、给我安慰的人就这样从我的生活里消失了吗?

我大声叫喊起来,我在呼喊着马师傅,我发现那个声音只停留在我的心里。在瑟瑟寒风中,我的心被一个名字焐得热乎了。

感恩提示

听过那个"我来过,我很乖"的小女孩的故事吗?她自幼被父母遗弃,好不容易有个好心人收养,却偏偏罹患绝症,家徒四壁,好不容易有好心人捐助,却已经不治——人生里悲哀中的悲哀,不幸中的不幸,似乎全让这个小小的女孩一人承受了,但那个小女孩是怎么做的呢?她乐观,她懂事,她坚强,在和病魔的斗争中,依然年年考第一名!

人生八九不如意,却总觉得自己才是世界上最倒霉的那个人。就像马师傅和"我",谁才是更需要安慰的人呢?相信明眼的读者一眼就能分辨得出。可是,却是更需要安慰的马师傅反过来安慰"我",这样的情怀,这样的境界,倒真让人对这个貌不惊人的马师傅刮目相看了。

有多少人的遭遇会比那个小女孩,或者马师傅,更加悲凉的呢?可是他们却选择了一种笔直向上的生活姿态,换成是我们,我们会做得如何?　　　　(黄　棋)

　　她却哭得更厉害了，只以为自己是全世界最不幸的，却不知眼前这个善良的女孩更不幸。她第一次知道了，爱的力量，远远要比恨更强大。

第 13 个房客

◆海　宁

　　女孩是她的第13个房客。之前租房的客人，没有住满三个月的。她总看不上他们，他们大概也看不上她，总之不能长久。

　　如果不是为了生活，说什么她也不会让一个陌生人和她共处这原本不太大的空间。她不喜欢别人，谁都不喜欢。

　　曾经也不是这样，年轻时她也是个好看的女孩，只是家境的缘故，她有点儿孤僻，不太爱说话。父母去世早，弟弟要读书，她17岁就进了工厂。20岁时经别人介绍和一个开小店的男人结了婚，第二年生了个女儿。男人渐渐有了些钱，生活平稳起来，却不料女儿4岁时出了车祸，男人又有了外遇，把小房子留给她，带着那个爱说爱笑的女人走了。

　　突如其来的伤悲几乎一夜间让她变得越来越不快乐，越来越偏执，充满愤恨。她拒绝再成家，不信任任何人。

　　原本就没有什么朋友，渐渐地，也没有了往来的亲人，他们都受不了她的暴戾。然后厂子不行了，她这样性格的人，第一个被辞了。就只剩了这套60多平方米的房子，房子有点儿旧，好在地段还好，租出去，足可以维持生活。

　　其实她不过40岁，可看起来却老了。身上的衣服，色泽暗淡，款式陈旧，发型古怪，眼神永远是冷淡的、挑剔的，唇角不屑地上扬。

一

女孩似乎很好说话,扎个翘翘的高辫子,并不太好看,脸太圆,个子又矮,走路有点儿难看,但真是青春,满脸红扑扑的……

不知道为什么,看着女孩,她想起了离开的女儿,如果她活着,也该这么大了。

于是没来由地烦躁起来,她打断女孩的话,说,快点儿收拾吧,我还要出去。

阿姨你忙你的,回来我就收拾好了。女孩笑着说。

她回来的时候,女孩竟然把客厅也清洁过了。桌子动过了,换了个位置,倒显得空间大了一些;稍微有些凌乱的茶几收拾得很整齐,连杯子都排好了队。

女孩扎着围裙戴着手套炫耀地站在那里看她,阿姨,这样是不是好一些了?

她把买的东西一丢,大声说,谁让你乱动我的东西?

女孩怔住了,看出她真的在生气,委屈地嘟起了嘴,小声说,要不,我再把它们恢复原样?

算了算了。她不耐烦地摆摆手,回你自己屋吧,以后我的东西你不要动。

女孩不再说话,嘴巴依旧嘟着,回了自己的屋。从后面看,女孩走路有点儿说不出的别扭。

二

女孩住了下来。除了不想说话,她也挑不出女孩有什么别的毛病来。很多时候女孩想和她说话,她便扭过头去。有一次,她坐在屋里看电视,女孩回来得早一些,走到门口探头看着她,问,阿姨,今天下班这么早啊?

她不答话,面无表情地站起来"砰"地就把门关上了。女孩很识趣,不再多说多问了。

女孩都在外面吃饭。因为事先说好了,她的厨房是不包括在租赁之内的。那一天女孩回来得晚一点儿,她听到女孩轻轻敲她的门。起先她装没听见,女孩没放弃,依旧敲,她不耐烦地问了句,什么事?我睡了。

女孩说,阿姨,我想用一下厨房,就煮一点儿面,很快就好,可以吗?

声音软软的。片刻,她隔着门回了两个字,用吧。

她听到厨房里的琐碎声音,很快恢复了安静。又等了一会儿,她进厨房去看。收拾得很整洁，桌子一角，还放着一枚一元钱硬币。是女孩留下的费用。

无明的火就升起来。她使劲地敲女孩的门，女孩开门，她把硬币丢到了地上。

女孩先是一愣，然后吐吐舌头，竟然弯身捡起硬币，说，谢谢阿姨。

这次是她愣了。以前她也冲人发脾气，没人吃她那一套。这个奇怪的女孩子，挨了训还谢她。她再急躁，也不能对着一张笑脸愤怒下去，便掉头走了。

以后偶尔地，女孩会用她的厨房，都是煮面条，看来女孩不会做别的饭。有次女孩拿过来一些苹果送给她，她不要。女孩说，阿姨我老用厨房你都不收钱，你也不容易，是妈妈让人送来的新鲜苹果，你尝尝，味道可好呢。

她倒无话了。

苹果放在那里，她没有动，又过了些天，蔫了；再过些天，坏掉了。她把苹果扔掉了，是偷着扔的，没让女孩知道，不知为什么，她有些不忍心。

很长时间了，她没有接受过别人的好意，也没有对任何人不忍心，自己都觉得有些奇怪。

再交房租的时候，她有些吃惊，女孩竟然已经住了3个月，这是前所未有的。

三

是冬天开始的时候得的那场病，发烧，腹痛腹泻，一趟趟去洗手间，浑身都没了力气。

后来女孩听到了她频繁开关洗手间门的声音，穿着睡衣出来了，看到她白着一张脸蜷缩在客厅中央。

女孩二话没说就打了120，然后把她搀到沙发上，自己飞快地跑回去换衣服。

她皱着眉头，压根儿没有力气阻止女孩做什么。重感冒加上急性肠炎，她需要住院。女孩办住院手续，正是大半夜，跑到街上的取款机提钱。把她安置好，坐下来，一头一脸的汗，边擦汗边说，阿姨，你可把我吓坏了。

她的心，在那一刻有些酥酥的感觉。那种感觉，从女儿离去后就再不曾有过。女孩在床边睡着了，头发乱了，贴在脸上。她静静地看着灯光底下女孩熟睡的脸，下意识地伸出手去，手指碰到女孩的头发，又触电般地缩回来。想起的，竟然是很多年前，母亲还在世的时候，这样守在幼小的她身边的情形，心里就潮湿起来。她心里一惊，真的不知道多久没有流过眼泪了。

住了3天的院。女孩天天来,同病房的人说,还是有个女儿好,女儿是妈贴身的小棉袄。

她不答话,也不解释。心里百感交集,女孩不是她的小棉袄,可是却给了她一种前所未有的温暖。那种温暖开始一点点融化她心底多年的坚冰,她曾一再拒绝,却渐渐地,拒绝不掉。

出院回家,看到桌上插着一束鲜花。她的身体渐渐复原。那天女孩回来,看到桌上摆了一桌丰盛的菜。是她做的。她什么都没说,把筷子递给女孩,说,吃吧。

女孩冲她笑着,坐下大口地吃起来。她看着女孩贪婪的样子,一种柔软的幸福感在心头慢慢升起来。那是一个母亲对女儿才会有的感觉,她自己知道。

四

冷空气来临时,她给女孩买了个电暖气,说,电费不加钱。女孩很节俭,她看得出来。女孩也不客气,收下了,隔些天,买了个红底带花的披肩给她。她说,太艳了,太艳了。女孩说,怎么会艳,阿姨你还这么年轻。然后给她围上推到镜子前,看,多好看。

她再出去,看到邻居和周围的人看她的目光有些吃惊。那天,她冲住在对面的婆婆笑了笑,叫了声阿婆。老人竟然转头拿了把新鲜的小葱送过来。她心里又有了那种潮湿的感觉。

转眼到了年底,女孩回了家,走之前,买了红灯笼和中国结挂在屋里。女孩说,阿姨,过年去走走亲戚,一个人会闷的。

除夕那晚,她犹豫了很久,还是拿起电话给弟弟打了个电话。好半天,弟弟才听出是她,激动得有些语无伦次。当天晚上,弟弟就带着家人过来了。

初六那天,她去买了个粉红色的毛茸茸的小猪放在了女孩床上,那些天,她心里开始有了那种等待的焦急,她知道自己已经开始有依赖。她不再冷漠也不再坚强,可是依赖感却让她觉得幸福。

女孩回来,抱着小猪高兴地转圈,一不留神跌倒了。

她慌忙心疼地去扶女孩,责备她,看你不小心。

女孩笑笑,没事,我老摔跤。那天,她才知道女孩左腿的小腿竟然是假肢。女孩6岁的时候在母亲上班的铁矿上玩,被装满了铁砂的矿车把左腿碾断了。

她抱着女孩呜呜地哭了起来，反倒是女孩不停地安慰她，说，没事的，阿姨，我妈说没出大事，还能好好活下来就是幸运。我很幸运呢，阿姨。

她却哭得更厉害了，只以为自己是全世界最不幸的，却不知眼前这个善良的女孩更不幸。只是女孩努力在不幸中感激生命中残留的那丝幸运，而她，只顾着去怨恨。她第一次知道了，爱的力量，远远要比恨更强大。

五

早春，她在一家家政公司得到了一份工作。她完全变了一个人，快乐，热情，充满爱心。她还听了女孩的话，在一家正规的婚介公司做了登记，出来的时候，她打电话问女孩，丫头，你说，该找个什么样的人啊？

女孩说，疼你的。

她应了一声，很没出息地，又抽抽搭搭地哭了。

感恩提示

经受过那一系列的悲惨：一辆汽车夺走至亲至爱的女儿、一个女人夺走陪伴多年的爱人、一场变革夺走赖以生存的工作，于是，女人的心生出凉意、下起寒霜、结起冷冰，不再接受别人的问候，也不再去问候别人；不再接受别人的馈赠，也不馈赠别人；不微笑，连眼泪也从泪腺中消失——一个彻底失望的人，对自己失望，对社会失望，她不再相信任何人。有一把锁悄然落下，"咔嚓"一声，她把自己锁在了这个世界之外！

前面的12个房客不知道，温暖一个受伤的女人，其实只需要三个月。可是他们知道了又如何呢？他们依然无法忍受，在女人冷眼下的每一天都是度日如年。

好在还有第13个房客，不，她不仅仅是一个房客，她还是一个拯救者，她明白，只要你付之于好，人不可能永远回报于恶，即使是一个受伤的女人，即使是一个在心头上锁的女人。她的忍让，她的关怀，让一个用恨支撑生活的人终于明白，爱的力量永远比恨强大。

这才是打开心锁的钥匙！

（黄　棋）

心相连, 爱无痕

有的人不懂得感恩, 那是因为他们还没有亲历过在他人的帮助下战胜困难的幸福。

在人生旅程中, 我们会遇到很多困难。我们战胜那些困难, 往往得益于他人的帮助, 只不过, "他"有时是我们的亲朋好友, 有时是不曾相识的路人; 只不过, 那些帮助有时是风雪中为我们送来的炭火, 有时是看似微不足道却给予我们温暖和力量。

感谢那些向我们伸出援手的人。而最好的感谢, 就是用爱心和行动去抚慰周围需要帮助的每一个人, 把感恩、互助的种子播进每一个心灵。

当他挨着她躺下来时，她温柔地吻了一下他，在耳边对他小声说："一切都会好起来的,我爱你,比尔。"

让爱传递

◆[美]路易斯　张　辉/译

那是一天晚上,在一条双车道的公路上,比尔开车回家。自从工厂倒闭后,比尔就失业了。随着冬日的肆虐,家里已很凉了。

这是一条冷清的公路,除了过路的人,没有人有理由在这里驻足。比尔的很多朋友都离开了这里。他们有家要养,有梦要实现。但是他却选择了留下,这是他的家乡,他生长在这里。他对这儿太熟悉了,熟悉到可以闭着眼睛走完这条公路,并且还能告诉你路的两边是什么。

天色渐暗,小雪也开始一阵阵地飘落下来。他差点就没看到路边那个束手无策的老妇人。就是在这淡淡的暮色中,他也能看得出来她需要帮助。比尔把车停在她的奔驰车前面,然后下了车。尽管他脸上挂着笑容,她仍显得很担心。过去的一个小时里,没有人停下来帮她。他会伤害她吗?他看起来并不安全,显得又落魄,又饥饿。

老妇人站在冰冷的公路上,他能够看出来她有些害怕。他知道她是怎么想的。因为她脸上带着那由于恐惧而生出的冰冷。他说:"夫人,我是过来帮助你的。为什么不坐进车里等呢?那里暖和些。哦,顺便告诉您一下,我叫比尔。"

其实她的麻烦就是一个爆了的车胎。但这对一个老妇人来说,已经很糟糕了。搓了搓手关节,比尔就爬到了车下寻找放千斤顶的地方。一会儿他就可以换车胎了,但是却不得不把自己弄脏,并且还可能伤到自己的手。

当他拧紧接线片螺母的时候,她摇下了车窗开始和他说话。她告诉他她是从圣路易斯过来的，只是经过这里。她对他的帮忙感谢不已。

当比尔换完车胎合上车盖时，脸上仍带着笑容。她问他该付给他多少钱，这个时候付多少她都会答应的。要不是他停下来帮她，她会想象出所有可能会发生的可怕的事情。

但是比尔对钱的事情想都没想过。修车不是他的工作，他只是在别人需要的时候帮了个忙。他一直以来都是这样做的，从来没想过帮人还需要回报。

他告诉她要是真的想答谢他，那么下次看到别人需要帮助的时候也伸出援助之手。随后，比尔还加了一句："记得想起我。"

他等着她启动了车开走后才离去。天气本是寒冷又阴沉的，但此时他心里却美滋滋的。随即，他的车也消失在了暮色之中。

几公里外，老妇人看到了一个小餐馆，她走了进去，想在回家的这最后一段路程上吃点东西驱驱寒气。这是一个灯光昏暗又不太干净的小饭馆。餐馆外面有两个老旧的汽油泵。整个环境对她来说是陌生的。

女服务员走了过来，给她递上了一条干净的毛巾来擦干头发。这个服务员带着很甜美的微笑，是那种即使工作了一整天也不会被抹去的微笑。

老妇人注意到她大概已有 8 个月的身孕了，可是疲劳和不适却没有影响到她的情绪。老妇人不禁想为什么有些人拥有得很少却能向陌生人无私地奉献自己的善意和爱心。然后，她又想到了比尔。

老妇人吃完饭后付了一张 100 美元的大钞，在服务员给她找钱的时候，她从门口溜了出去。服务员回来时，她已不在了。在服务员正疑惑老妇人去了哪里的时候，她注意到了餐巾上写着的字。

她读着老妇人写下的几行字，眼泪涌了出来。上面写道："你不欠我什么，因为我已在这消费过了。有人曾帮助过我，正如我现在帮助你一样。如果你真的想报答我，就请把这爱传递下去。"

接下来，这个服务员仍旧是有桌子要收拾，有糖碗要去装满，有客人要去招待，但是她却以另一种心态来做了。

那天晚上，当她回到家上床休息时，便开始想起那钱和老妇人留下的话。她怎么会知道自己和丈夫非常地需要这笔钱呢？孩子下个月就要出生了，日子将会很艰难。她很清楚丈夫非常焦虑。当他挨着她躺下来时，她温柔地吻了一下他，在耳边对他小声说："一切都会好起来的，我爱你，比尔。"

《让爱传递》不是一个新奇的故事,但这并不妨碍它打动我们的心灵。因为爱的故事永远不老。

善良的比尔在冰天雪地里没有像其他人那样冷漠地拒绝一位需要帮助的老妇人,他热情地帮助老妇人解决了问题,而他所需要的就是希望老妇人也能在别人需要帮助的时候伸出援助之手。老妇人做到了,她帮助了一个虽然贫困且身怀六甲但始终面带微笑的饭馆服务员,并且不忘提醒她"把爱传递下去"。最后我们发现,原来老妇人帮助的女服务员是比尔的妻子。

故事的结局很巧合,也很圆满,我并不感到意外,我觉得好心人就应该有好报。

这个故事为我们诠释了一句话:帮助别人,就是帮助自己。我们每个人都毫不吝啬地付出自己的爱心,总有一天,这爱会温暖世界的每一个角落。(王 辉)

请不要因为一次微不足道的善举曾遭受过欺骗,便放弃了助人的美德。我们应该相信,总有一份施舍会温暖一片雪花。

总有一份施舍会温暖一片雪花

◆娇友田

外面飘起了细碎的雪花,路上的行人都把自己裹得严严实实的,步履匆匆地走过。我和朋友从一家小吃店里出来,刚才的寒意都被那一碗滚热的麻辣汤给逼出了体外。

在经过2路公交车站牌的时候,我发现在人行道上俯卧着一个双腿严重扭曲、衣服褴褛的乞丐。他的身下铺着一条破烂不堪的毛毯，其中一条肌肉萎缩的右腿挽着裤腿，径直暴露在寒气中，任凭细碎的雪花飘落在冻得如紫茄一般的肌肤上。他的面部几乎贴到地面上，被一蓬杂乱的头发掩盖着。而那条暴露在外的残腿好像不是长在他的身体上，只是一件用来博取别人同情的道具。

我把刚才在小吃店里找回来的两元硬币投到他面前的一个搪瓷缸里。两声轻响，那个乞丐意识到了什么，抬起那张满是污垢的脸，投给我们一个感激的笑容。继而，他用一种异样的眼神看着我们。

在我们走开的时候，朋友叹息了一声对我说："那个乞丐很可怜，我在这条路上已经遇到他多次了。而我想更可怜的是，他只不过是别人用来赚钱的工具。我们施舍给他的钱，可能他一分也得不到。"

是啊，我想，像他这样一个双腿严重残疾的人，凭个人的力气，是无论如何也走不到这儿来的。我忽然想起夏天的时候，在长途车站附近遇到的一件窝心事。那次，我从淄博返回，刚走出长途车站，一个身材矮小、肤色黧黑的女子朝我走过来。她背着一个大大的帆布包，朝我恳求道："师傅，能帮一帮忙吗？"而后她告诉我，她在打工时被老板骗了，没有拿到一分钱工资。她现在想买一张回老家的车票，可是还差 4 元钱。

我几乎没有犹豫便从包里掏出一张 5 元的纸币。然而，半个月之后，我在长途车站的候车室门口又遇见了那个女子。她还是恳求我帮忙，遭遇也像她上次所说的一样。当我质问她的时候，她悻悻地走开了。

而身后那个双腿残疾的乞丐，是否也是与别人设计好了一个圈套，骗取了我们的同情心呢？

我和朋友走出不远，从身后传来一阵阵急促的喊声："两位师傅！请等一下！……"

我们诧异地停下步子，转身往后看，一件更加令我们惊讶的事情发生了。那个刚才俯卧在地上的乞丐，居然朝我们追赶了过来。这时候，我才发现，那个乞丐的身体其实是俯在一块木板上的，在木板的两侧各安装了两个轴承。这样，他用戴着手套的双手撑地，双手往后一扒，他的身体就朝前"行走"一步。

我和朋友见他吃力的样子，便朝他迎过去。

他嗫嚅地问道："两位师傅，能否帮俺一个忙？"

我疑惑地问道："我们能帮你什么呢？"

乞丐褪下满是污渍的手套，费了好大劲才从破旧的棉衣里面掏出一张皱皱巴巴的纸条和一个塑料袋，里面盛着一些零币。

他用手指了指旁边那家邮政储蓄银行，对我们说："麻烦两位师傅帮俺往家里汇点钱好吗？"

我笑着问："难道你不怕我俩将钱骗走了？"

乞丐咧开嘴笑了，而后很自信地说："俺守在这儿多半天了，认准你俩是好人，决不会骗俺的。"

随后，他抬起手臂，把那个盛满散币的塑料袋递给我们说："这是152块钱，你们帮俺汇150块，另外两块是手续费。"

朋友在旁边问："这么冷的天，你为什么不回家，还要在外面乞讨呢？"

乞丐脸上的笑容凝固了，继而伤感地说："俺已经两年没有回家了。俺的父亲早就死了，家里还有一个弟弟一个妹妹，也都是先天性的残废，比俺还要严重。俺若待在家里，母亲就没有一点指盼了。后来，俺就让几位老乡把俺捎了出来，这样俺可以为家里减少一点负担。"

听到这儿，我的眼睛有些湿润了。我没有再犹豫，跟朋友一起朝那家邮政储蓄银行走去。我在填写汇款单的时候，朋友掏出钱包，拿出50元钱对我说："咱给他凑个整数吧，也算是给他母亲的一点心意。"

当我们把那些零币递给汇兑员时，她用诧异的眼神打量着我们。我跟她解释之后，她才把眼光从我们身上移开，埋头核对桌上的那一堆零币。

我们从那家邮政储蓄银行里出来，将汇款的凭据递给那个乞丐。他看到上面的汇款金额之后，愣了一会儿，瞬间便明白过来。此时，他只是不停地朝我们作揖，以表达内心的感激。

在离开的时候，我善意地提醒那个乞丐说："你以后再往家里汇款的时候，应该找一个熟识的人，否则很容易吃亏。"

乞丐感激地笑了，可是他仍像先前一样自信地说："俺以前都是这样做的，俺相信天下还是好人多。他们也都像您一样，从来没有骗过俺。"

在返回的路上，我的脑海中一直浮现着那个乞丐的身影。我不知道他是凭借什么样的毅力，拖着两条残腿，在这个异乡的城市生活了两年；我更不知道，他需要付出多大的勇气来面对这个寒冷的冬天。此时，我只想问自己："如果你也遭受他一样的厄运，会像他一样勇敢地面对生活吗？"

请不要因为一次微不足道的善举曾遭受过欺骗，便放弃了助人的美德。我们应该相信，总有一份施舍会温暖一片雪花。

感恩提示

在当今的社会上，有太多的人让人涌起一种哀其不幸怒其不争的想法。就像故事中的"我"一样，曾经被那些貌似可怜的人骗了一次后，便总觉得那些人不可信，虽然可怜，却不值得同情。

可是故事中的主人公，却给了我们一个意外，我们庆幸于这个意外，因为，在我们内心的深处，还是渴盼着那种美好的本质。就像那个乞丐一样，他也同样渴盼着一个值得信赖的人。是的，总有一份施舍会温暖一片雪花，也总有一片雪花会不辜负自己的一份善念。

这个故事给了我们久违的温暖，那是一种人性上的安慰。更多的时候，我们只是一叶障目，不见泰山，从而错失太多的感动。而且，文中的主人公更让人感叹的是，他那种直面生活的积极态度，就像作者所说，如果我们遭受那样的厄运，会像他一样勇敢地面对生活吗？所以说，那些人也同样在感动着我们。人世间的温暖，其实正是来源于两颗心彼此的触动与鼓舞。

（王　辉）

他们选择了编织这个美丽的童话，并且年复一年，乐此不疲。

我可以帮你找到圣诞老人

◆马晓伟

1955年12月24日，平安夜的钟声悠扬地响起，欢乐的气氛弥散到美国的各个角落。就在这万家团圆的时刻，迦利·弗普上校却坚守在科罗拉多州的大陆防空司令部空军基地。他必须随时观测雷达探测仪上可能出现的异常。

突然，电话铃声急促地响起。上校的心弦随之绷紧。那是条应急线路，来电者只可能是司令或五角大楼。他猛吸一口雪茄，很快镇定下来，拿起话筒："喂，你好！我是弗普上校。"

许久，才传来一个小孩稚嫩的声音："请问……您千真万确是圣诞老人吗？"上校一时搞不懂是怎么回事，但被这乳臭未干的小孩给逗乐了。"噢，抱歉！亲爱的宝贝，我不是圣诞老人。"似乎感觉到那头轻微的啁叹，他又赶紧加上一句，"但我可以帮你找到他。"

"那你知道他现在在哪儿吗？"孩子将信将疑。

"等等，让我用同步卫星搜索一下。远程传感器已锁定目标。好，一切就绪。看到了！圣诞老人从白茫茫的北极大陆出发了。他驾着雪橇，扬起鞭子，欢快地唱着'铃儿响叮当'，这会儿正越过万里长城……又钻过了凯旋门，正朝美洲大陆奔来……"

"真的？那他一定给我们带来圣诞礼物了吧！"孩子信以为真。

"当然，满满一车厢！有魔方、玩具坦克，还有芭比娃娃……一路上，它们就像雪花般洒落，趁着全世界儿童熟睡时，一件件掉进枕边的长袜里了！"上校趁热打铁，充分发挥着他的想象力。

"哦！那真是太棒了！经过头顶时，我们邀请他来美国做客，好吗？"孩子兴奋地拍起手来。

"OK！到时我就驾着K-007战斗机迎上去，想方设法请他尝尝牛肉馅儿比萨，喝一杯现磨蓝山，当然还有加州甜点……"

"好！快告诉我，圣诞爷爷现在到哪儿了？"孩子急切盼望着圣诞老人的到来。

"离尼亚加拉瀑布只有两公里了！红鼻驯鹿头顶银树枝般的犄角，以光速——不，比光速还快，欢快地跳跃着。不好！遇到了强气流！"上校故意打了个岔。

"圣诞爷爷他怎么啦？"对方果然"上钩"。

"一不留神，他颠疼了屁股。哈！瞧，胡子都给气歪了！"说完，上校笑得上气不接下气。孩子也被逗乐了，咯咯地笑。

挂上电话，弗普上校长舒一口气，正为自己的演技和天马行空的想象力而沾沾自喜时,电话铃声再次响起,又是一个询问圣诞老人的孩子。他不得不把刚才的戏再演一遍……当天晚上,他忙得气喘吁吁。

第二天,联邦调查局调查此事。原来是一家工厂在其商品上印上了圣诞老人的"电话",而一连串胡乱编造的数字,竟阴差阳错地是防空司令部的内线号码!弄清原委后,军官们在笑声中陷入沉思,然后开了一场长达5个小时的会议。充分讨论和商量后,他们一致决定把这个美丽的童话继续讲下去。司令部增设了六十多部热线,专门用来解答孩子们千奇百怪的提问。后来,他们还建立了一个"追踪圣诞老人"专题网站,并设有英、德、法、日、西班牙、意大利6国语言。圣诞前夕,网站每三分钟更新一次,随时向全世界儿童报告圣诞老人的行踪。

岁月荏苒,转眼半个世纪过去了。美国大陆防空司令部早已职能变更,历任士官也换了一茬又一茬。但每年圣诞,都是士官们最欢快、最忙碌的时候,这已成为一种雷打不动的传统。

去年,Google也被他们"拉拢"。只要登录Google Earth,就可看到IT精英们制作的逼真的三维动态影像:红帽白须的圣诞老人驾着雪橇,几乎游遍所有的国家,加拿大、俄罗斯、以色列、澳大利亚、中国、葡萄牙……给全世界儿童都送去礼物后,再返回北极。

看似恶作剧的行为,换成旁人也许会恼怒地训斥或干脆置之不理。但他们知道,心灵的童真就像水晶球般脆弱,一旦破碎就再也难以恢复。所以,他们选择了编织这个美丽的童话,并且年复一年,乐此不疲。

感恩提示

一个欢乐的平安夜,一个正在工作的少校,一个心怀憧憬的小孩,一部电话,竟演绎出了一个真实的童话。让人感动的是,少校的和善与机智,军官们的宽容与支持,以及一代代士官们的爱心和信念,使得将这个童话长长久久地流传下来。

其实,圣诞老人在很多人的心中,已经成了一种对美好事物的寄托,成了最洁净的梦想家园。一个电话的改变,让人们触到了梦想的美丽。所有的人,都充满激情地维护着这个童话,孩子们在希望中相信,大人们在欣慰中微笑。是的，在不无残酷的现实生活中，他们需要一个童话，需要一片放牧自己心灵的天空。

故事让我们看到了人性中最动人的一面，同时也给了我们无穷的希望与无尽的感叹。生活再怎么平淡，心中都要保存一份美好，正是因为这一份美好，才能创造出世界的一份感动。他们小心地维护着心灵的童真，一如他们让圣诞老人在天上不落地飞翔。

（王　辉）

我也以为我彻底完蛋了，但是您让我重新拾起了自尊，让在贫穷和苦难中挣扎的我，心中再次燃起了改变逆境的熊熊烈火！

小提琴的力量

◆[澳大利亚]布里奇斯　紫金香/译

每天黄昏的时候，我都会带着小提琴去尤莉金斯湖畔的公园内散步，然后在如血的夕阳中拉一曲《圣母颂》，或是在迷蒙的暮霭里奏响《麦绮斯冥想曲》，我喜欢在那悠扬婉转的旋律声中编织自己美丽的梦想。小提琴让我忘掉世俗的烦恼，把我带入一种田园诗般纯净恬淡的生活中去。

那天中午，我驾车回到离尤莉金斯湖不远的花园别墅。刚刚一进客厅门，我就听见楼上的卧室里有轻微的响声。那种响声我太熟悉了，是我那把阿马提小提琴发出的声音。"有小偷！"我一个箭步冲上楼，果然不出我所料，一个12岁左右的少年正站在那里抚摸我的小提琴。那个少年头发蓬乱，脸庞瘦削，不合身的外套鼓鼓囊囊，里面好像塞了某些东西，我一眼瞥见自己放在床头的一双新皮鞋失踪了，看来他是个贼无疑。我用结实的身躯堵住了少年逃跑的路，这时，我看见他的眼里充满了惶恐、胆怯和绝望。就在刹那间，我突然想起了记忆中那块青色的墓碑，我愤怒的表情顿时被微笑所代替，我问道："你是拉姆斯敦先生的外甥鲁本吗？我是他的保姆，前两天我听拉姆斯敦先生说他有一个住在乡下的外甥要来，一定是你了，你和他长得真像啊！"

听见我的话，少年起先一愣，但很快他就接腔说："我舅舅出门了吗？我想我还是先出去转转，待会儿再来看他吧。"我点点头，然后问那位正准备将小提琴放下的少年："你很喜欢拉小提琴吗？""是的，但我很穷，买不起。"少年回答。"那我将这把小提琴送给你吧。"我语气平缓地说。少年似乎不相信小提琴是一位保姆的，他疑惑地望了我一眼，但还是拿起了小提琴。临出客厅时，他突然看见墙上挂着一张我在悉尼大剧院演奏的巨幅彩照，于是浑身不由自主地战栗了一下，然后头也不回地跑远了。我确信那位少年已明白是怎么回事，因为没有哪一位主人会用保姆的照片来装饰客厅。

那天黄昏，我破例没有去尤莉金斯湖畔的公园里散步，妻子下班回来后发现了我的这一反常现象，于是忍不住问道："你心爱的小提琴坏了吗？""哦，没有，我把它送人了。""送人？怎么可能！你把它当成了你生命中不可缺少的一部分。""亲爱的，你说的没错。但如果它能够拯救一个迷失的灵魂，我情愿这样做。"看见妻子并不明白我说的话，我就将当天中午的遭遇告诉了她，然后问道："你愿意再听我讲述一个故事吗？"妻子迷惑不解地点了点头。

"当我还是一个少年的时候，我整天和一帮坏小子混在一起。有天下午，我从一棵大树上翻身爬进一幢公寓的某户人家，因为我亲眼看见这户人家的主人驾车出去了，这对我来说，正是偷盗的好时机。然而，当我潜入卧室时，我突然发现有一个和我年纪相当的女孩半躺在床上，我一下子怔在那里。那位女孩看见我，起先非常惊恐，但她很快就镇定下来，她微笑着问我：'你是找五楼的麦克劳德先生吗？'我一时不知说什么好，只有机械地点头，'这是四楼，你走错了。'女孩的笑容甜甜的。我正要趁机溜出门，那位女孩又说：'能陪我坐一会儿吗？我病了，每天躺在床上非常寂寞，我很想有个人跟我聊聊天。'我鬼使神差地坐了下来。那天下午，我和那位女孩聊得非常开心。最后，在我准备告辞时，她给我拉了一首小提琴曲《希芭女王的舞蹈》。看见我非常喜欢听，她又索性将那把阿马提小提琴送给了我。就在我怀着复杂的心情走出公寓，无意中回头看时，我发现那幢公寓楼竟然只有四层，根本就不存在所谓的居住在五楼的麦克劳德先生！也就是说，那位女孩其实早知道我是一个小偷，她之所以善待我，是因为想体面地维护我的自尊！后来我再去找那位女孩，她的父亲却悲伤地告诉我,患骨癌的她已经病逝了。我在墓园里见到了她青色的石碑,上面镌刻着一首小诗,其中有一句是这样的:'把爱奉献给这个世界,所以我快乐!'"

妻子早已在我的叙述中泪流满面,她激动地说:"亲爱的,我是多么感激那位让你成长为一个优秀的小提琴演奏家的女孩啊!"

3年后,在墨尔本市高中生的一次音乐竞技中,我应邀担任决赛评委。最后,一位叫梅里特的演奏小提琴的选手凭借雄厚的实力夺得了第一名!评判时,我一直觉得梅里特似曾相识,但又想不起在哪里见过。颁奖大会结束后,梅里特拿着一只小提琴匣子跑到我的面前,脸色绯红地问:"布里奇斯先生,您还认识我吗?"我摇摇头,"您曾经送过我一把小提琴,我一直珍藏着,直到有了今天!"梅里特热泪盈眶地说,"那时候,几乎每一个人都把我当成垃圾,我也以为我彻底完蛋了,但是您让我重新拾起了自尊,让在贫穷和苦难中挣扎的我,心中再次燃起了改变逆境的熊熊烈火!今天,我可以无愧地将这把小提琴还给您了……"

梅里特含泪打开琴匣,我一眼瞥见自己的那把阿马提小提琴正静静地躺在里面。梅里特走上前紧紧地搂住了我,3年前的那一幕顿时重现在我的眼前,原来他就是"拉姆斯敦先生的外甥鲁本"!我的眼睛湿润了,电光石火间,我仿佛又听见那位女孩凄美的小提琴曲,但她也许永远都不会意识到,她的纯真和善良曾经是怎样震颤了两位迷途少年的心弦,让他们重树扼住命运咽喉的信念!

感恩提示

面对那个和当年的自己处境相似的小男孩时,"我"装作一切从未发生,把爱的种子分了一半,悄悄种入另一片土壤。可是,爱从来都是这么一个奇怪的东西,无论把它分成多少份,爱却从来不会减少;相反,它会蓬勃而茂盛地把一半或四分之一甚至万分之一的自己,长成一片春天。这就是爱传递的力量。爱的枝叶各自拥有自己的绿荫,它们弥漫而扩张着属于爱的领地。于是,爱用它自己的方式,不断传递,不断生长……

所以,当那个"外甥鲁本"有一天枝繁叶茂地回到"我"面前,用感恩和爱造就了另一片天空时,"我"一点儿也不惊讶。他的回报,也是爱的力量。

(李桂荣)

雷格尼给人树立了一个很好的榜样,那就是:对陌生人的尊重以及爱人如己的精神。

孤坟——别人的心肝宝贝

◆[新西兰]聂　茂

一天,一位名叫约翰的人和我一起替这座坟围上了篱笆。我用黑松木替他做了墓碑,漆成白色,并且用战斧及4英寸钉子在上面刻了"别人的心肝宝贝"几个字。

事实的真相到底是怎么样的呢?在当地图书馆,可以在1901年的旧报纸上,看到一则这样的报道:1865年2月22日,在马蹄湾旅馆举行了验尸调查汇报。一位名叫哈雷森的矿工说,2月7日,他在马蹄湾的河滩上发现一具尸首,脸朝下趴在河滩上,死者的衣着和一位由蒂伐特区来的摆渡人所描述的相吻合,这位摆渡人经常在河上渡来渡去,对这个死者有印象。

《奥塔哥时报》在1865年1月25日星期三出版的报纸上也有一则新闻:一位住在里夫斯区的25岁屠夫查理,在克莱堤附近要赶牛群过河时,不幸被淹死了。所有的事实和证据,包括人的外形、衣着、年纪、时间和地点都和查理相符,人们也认为死者就是查理。但是由于尸体已经腐烂到不能辨认的程度,而且又没有正式的文件来确定死者的身份,根据当时法律规定是不能发给死亡证明书的。除了报上所登的之外,其他记录都没有,也找不到查理的任何亲戚和朋友。

因此,可以证明雷格尼是在这具尸体埋葬了几个月之后才到的。可是,既然有人知道,这个死者的名字叫查理,虽然官方由于技术问题不能确定,为什么没有人告诉雷格尼,特别是人家还为他修坟、围篱笆、做墓碑——既然有人知道死者是谁,在埋葬时,为什么不替他竖一个墓碑?

这个答案可以从地图上找到。死者查理住在里夫斯区,位于马蹄湾西北100公里。他出事淹死的地方距他自己住的地方40公里,距马蹄湾60公里。当时的交通工具是马,他生前可能从来没有到过这么远的地方。至于摆渡人所住的地方则距马蹄湾不远,但由于他常在河中来来去去,因此他认识的人会比较多。而马蹄湾的人如果要出去,只会往南走,往大市镇走,而不会走到百里外的小乡下里夫斯去,因此马蹄湾的人是不会认识查理的。即使今天,该区也被崎岖的山路所环绕。查理就是有朋友在克莱堤,也不一定会知道在马蹄湾旅馆的验尸报告,也不会到这么远的地方来看他的坟墓。更何况在验尸报告上虽然有人给了这具尸体一个可能的名字,但这对马蹄湾的人来说仍然是一个陌生人。

为什么雷格尼对一个毫不相识的陌生人的付出像是对待一个老朋友的感情呢?这可以从他写给《吐帕克时报》编辑的信中看出:"我为什么会对这座坟有感情,因为我好像有一种预感,我将来死后也会像他一样:一座孤独的坟躺在荒凉的山丘上。"

雷格尼在爱尔兰是一个神职人员,可能由于这个关系,他终其一生没有结婚也没有小孩。雷格尼逝世后,人们根据他唯一的请求,将他埋在了那座坟旁边。这两位生前从不相识的人却在死后紧紧地靠在一起,永不分离。不管雷格尼是否发现查理的尸体,有没有埋葬他,也不管这个死者是不是查理,这都不重要。重要的是,雷格尼给人树立了一个很好的榜样,那就是:对陌生人的尊重以及爱人如己的精神。虽然他躺的地方是那么的荒凉和遥远,但是他的坟却给这个小小的地方带来了尊严。

🐰 感恩提示 ●

当我们在看这个世界上的风景时,我们也成了别人眼里的风景。尊严,就是风景里最动人心的一处。一个和我们一样的人,不过他躺下了,于是成了别人。那么躺着的人有没有尊严?他的姓名还在纸上,他的音容笑貌还在亲友的脑海里。即使他没有这些,他一直默默无闻,像我们一样少人关注,但他曾经生活在这片土地上吧。他和我们一样,在生活里帮助他人,爱惜自己。是的,他就像我们一样。我们和自然界的树、动物一样。我们像对自己一样对待别人,呵护了别人的尊严,那么,就会有别人像对自己一样对我们。循环往复,世界才有最合适我们的温度。

我们感激别人,不需要别人知道;别人感谢我们,不需要对等回报。我们需要的是让更多的人加入这个有体温的循环,世代更替,感恩的气息却永留。你、我、他则不再有距离,你们、我们、他们也将不会有区别。未来,因为自己和别人一样而温暖,灿烂。

(李桂荣)

也许,这个世界上从来不曾有过六重花瓣的胭脂兰,但是,开放在心里的那一朵——是一个人永远都不要轻易放弃的信心和努力。

六重花瓣的胭脂兰

◆季 绒/编译

特瑞茜是个苏格兰的乡村女孩,她梦想成为舞蹈家。为了实现理想,她自幼离开家乡,前往伦敦的艺术学院学习。

毕业那年,特瑞茜满怀信心地参加皇家芭蕾舞剧院的演员考试。招考老师看过她的表演后,坦率相告说:“以你的条件和资历,日后可以成为一名不错的群舞演员;如果运气好,还能担任领舞。不过,你永远都不可能当主角,因为你缺乏跳独舞的天赋和灵性。”

备受打击的特瑞茜回到家乡,把自己关在屋子里。她才18岁,可那么多年的努力居然付诸东流,一想到这些,她内心就茫然无措。

离特瑞茜家不远的地方,住着一个远房的老姨婆。听说了特瑞茜的情况,80多岁的老姨婆就颤巍巍地跑了来,邀请特瑞茜去看她种的胭脂兰。

胭脂兰是一种生长在寒冷地方的植物,初冬含苞,然后灿烂地盛开过整个严冬,一直到第二年春天。那正是冬季的第一个月,老姨婆花房里的胭脂兰抽出了一茎一茎的花穗,花苞带着一点淡红,花朵则是淡淡的胭脂色,在绿叶丛中格外明艳。

老姨婆站在特瑞茜身边,乐呵呵地对她说:"去找找吧,孩子,看看有没有一朵六重花瓣的胭脂兰,那样你就会得到好运。"

原来,在苏格兰乡下,有一个关于花朵的古老传说:如果谁能找到六重花瓣的胭脂兰,那么这个人将会得到幸运女神的特别关照。

特瑞茜并不相信传说,不过她不忍拂老姨婆的好意,就凑到花朵跟前,很仔细地数过每一朵开放的花朵,真奇怪,那些开放的花朵,都只有五片柔软的花瓣。于是,特瑞茜扭过脸,朝老姨婆摇摇头。老姨婆也过来,一边观察那些花朵,一边说:"没有吗?不过不要紧,凭我多年的经验,知道哪一朵一定是六重花瓣。"说着她伸出手,用食指尖指着花茎顶端一个刚绽开口的小花苞。

特瑞茜仔细看了看那个小花苞,似乎也没有什么特别。不过,一想到这些胭脂兰在老姨婆的花房里已经种了30年,而且她的神情又那么笃定,不由特瑞茜不信。

从花房出来,特瑞茜和老姨婆一起喝了下午茶。老姨婆坐在木摇椅里,腿上盖着毛毯,很闲适地一边喝茶一边问特瑞茜:"你是打算待在家里等那朵六重花瓣的胭脂兰开放,还是明天就回城里重新开始生活?"特瑞茜叹气道:"我失去了奋斗的目标,根本不知道以后该干什么。"老姨婆停止在木椅上摇晃,直起身子对她说:"要知道,现在你是个找到了六重花瓣胭脂兰的姑娘啊,命运女神会给你特别照顾的。可是,假如你老把自己关在屋子里,那么天上掉馅饼也只能砸到房顶上。"

老姨婆的话在特瑞茜的心中泛起了阵阵涟漪。翌日清晨,特瑞茜就背好行囊上路了。是那朵尚未开放的六重花瓣的胭脂兰和老姨婆的话触动了她。

以后的几年中,特瑞茜相继演过舞台剧、伴过舞、当过演员,每一次,她都非常努力,可那些默默无闻的小角色根本不能给她的事业带来起色。光阴很快在指缝间溜掉,特瑞茜已经23岁,这个年龄在艺术圈子里意味着定型期,而机遇却似乎从未光顾过她。

冬天又来临了,特瑞茜沮丧地回到家乡。她已经无心继续奋斗,心里疑惑着自己从前的目标是否切合实际,也许根本就应该像大多数乡村女孩一样去生活。

一个雪后的清晨，特瑞茜独自沿着山路漫步，不觉来到老姨婆家门前。老姨婆比从前更老了，不过还是精神十足。她认出特瑞茜，问道："孩子，这些年你的运气怎么样？"特瑞茜半玩笑半无奈地回答："糟透了，连那朵六重花瓣的胭脂兰也没能带给我好运。"老姨婆眨眨眼，对她说："是吗？没关系，我们现在就到花房去找找，看看能不能再找到一朵六重花瓣的胭脂兰。"特瑞茜耸耸肩道："那已经不重要了，姨婆，因为我打算待在家乡了。"老姨婆的口吻突然严肃起来："那非常重要，孩子，你不能因为失去信心而躲在乡下过平庸的生活。"

在胭脂兰静静绽开的花房里，老姨婆拉着特瑞茜一朵一朵地看过。忽然，她惊叹了一声，指着一茎花穗说："瞧啊，那个花苞比一般的要大好多，颜色也要深一些，我想就是它了。"经老姨婆这么一指点，那个花苞看上去的确有些与众不同。特瑞茜疑惑着问："您肯定吗？"老姨婆朝她点点头道："我敢肯定它一定是六重花瓣，而且我还肯定它会带给你好运的。也许你应该打起精神再试试，至少不要太快就对自己失望！"特瑞茜没有说话，但她想：也许……

过了几天，特瑞茜打电话给老姨婆，询问六重花瓣的胭脂兰。老姨婆告诉说："它看上去就快开了，你想来看看吗？"电话那头，特瑞茜回答说："哦，恐怕我不能，因为我正在去伦敦的路上。"

春天的时候，有消息传到乡下：说特瑞茜进入了一家模特公司。在这个新行当里，她颀长的身材和经过舞蹈训练的优雅步姿成为得天独厚的优势，不久就在业内崭露头角，之后她又凭借着自己的实力成为令人瞩目的佼佼者。很多知名品牌的商家争相请她做形象代言人，人们看重的不仅是她姣好的外形，而且更看重她内在的那种笃定的信心。

几年后，特瑞茜夺得一项国际模特大奖荣归家乡。她特意去拜会老姨婆，向她道谢："多亏那朵六重花瓣的胭脂兰，它的确带给了我好运。"老姨婆的小外孙在一旁听着，忍不住插嘴道："不对呀，我家花房里从来就没有六重花瓣的胭脂兰啊。"

"怎么会呢？"特瑞茜惊讶极了。她问老姨婆："可那一年，还有那一年，您明明告诉我……"老姨婆不做声，把一块甜饼塞进嘴巴里，然后靠在木摇椅上，摇啊摇啊，那布满皱纹的脸上露出一丝坏孩子般狡黠的微笑。

噢，原来如此啊！也许，这个世界上从来不曾有过六重花瓣的胭脂兰，但是，开放在心里的那一朵——是一个人永远都不要轻易放弃的信心和努力。

　　每个人都有脊梁,有人拿它支撑身体,有人用它支撑生活,更多的人,是拿它支撑自己的梦想。在绝望的世界里,所有的梦想都叫不可能,因为绝望的脚步在每一个阻挠面前都会止步并退后,哪怕前面的困难只是一个小石头子儿。而特瑞茜无疑是有梦想的,而且在梦想诞生的那天,它看起来如此遥远。但是,老姿姨用她最最善良的谎言,扶持着特瑞茜摇摇欲坠的梦想,一路生根发芽,并最终开出一朵叫"奇迹"的花。

　　读完故事,我们在欣慰之余会埋怨老姨婆的谎言吗?不会,因为她是用善良做的种子,鼓励做的肥料,光明做的方向。当有一天花香四溢,特瑞茜终于把不可能抹掉了"不"字,让奇迹发生了。读完故事,我们的心里也是满满的,努力前行,是我们对所有爱我们的人最大最好的报答。

(李桂荣)

　　一个人可能必须学会忍着痛苦活下去,但有一样东西是你活着就绝不能缺的,那就是希望。

难道无法治愈

◆[美]菲利斯·霍比　钱松英/译

　　有一次,我独自坐在一家餐馆里,笨拙地撕开一小包食糖,打算加入我的那杯茶里。"这样吧,让我来帮帮您。"女侍员从桌子那边走近来向我说道。我窘迫地咕哝一声"不用了,谢谢您",同时把我那双变形的手缩回膝上。我宁愿不吃糖,也不愿被人当做一个残疾人对待,甚至不愿引起人们对我关节肿大的手指更多的注视。我心想,我是无能为力的了。没办法了!我呷了几口茶,付了账,就离开了餐馆。

我的这种苦恼开始于几年以前,是在 1985 年,那时我的指关节肿大和僵硬起来。过去我生活中不假思索就可做的事变得越来越困难,比如开一听罐头啦、用钥匙开锁啦或给衬衫系纽扣啦。

我去看过医生,尽管那时我已经知道自己患了什么病。"关节炎,"医生干巴巴地说,"我们能做到的只是试试去控制肿胀,使你感到自在一些。"他没有说这病是无法治好的。他也没有必要这么说。

医生给我开了消炎药,这些药只是起一些缓解的作用,而它们所引起的厉害的副作用几乎可以导致一种溃疡症。我就诊于别的医生,他们诊断相同,处方开的药要么不起什么作用,要么更坏事。

关节炎在我家族里也有人得过。我母亲患了严重的指关节炎后,在痛苦中熬过了几十年。现在,我仅 40 多岁,就得到了同样的悲惨预断——一位专家对我说:"您的双手最终会整个儿地僵硬起来,看上去像爪子一样。"

我的苦楚加剧了。有时,我的手指发痛,阵阵抽动;有时,我感到刺戳似的剧痛,简直令我喘不过气。晚上情况最糟,我感到好像有一根炙热的针插入每个指关节。我对自己说,天啊,我还有一条长长的生活道路要走,我需要寻求某种方法来帮助我在困难中坚持下去。

随着时间的推移,我的双手变形了。骨节肿大,手指弯曲,无法伸直。过去我喜欢使用双手来与人交流——用一些手势或一种鼓动性的姿态以加强我的谈话语气。现在,我一想到人人会盯着我那双变成爪子似的怪手,就无法忍受。我试图把双手隐藏起来。我戴上手套并把它们紧贴着身子的两侧,插在口袋里或者紧扣在背后。我不知不觉地避免当众有所举动——吃三明治呀、与人握手呀、在音乐会上鼓掌呀。我不明白究竟哪个对我更糟,是手痛呢还是羞惭?在家里时,当我牵着两条爱犬出外散步时,我连握住系狗的皮带也成了苦差事。我过去喜爱的一切事物都受到了影响,甚至在电脑上打字也在变得难以忍受。作为一个自由作家和编辑,我又怎样去工作和谋生呢?我还太年轻,不到退休的年龄,而且从其他任何方面看,我是非常健康的。是不是我必须放弃我的生计呢?

有一天,我出去购物。我打开车门,顺当地进入车内,可是当我转动点火开关的钥匙那一刻,却袭来一阵剧痛。我忍着,没有叫出声来。我的双手已经如此僵硬,不用多久我将无法握住方向盘。我住在乡间,那里没有公共交通车。我对自己说,我不能再这样下去了。

我用弯着的手指把握着方向盘,驶往约需45分钟路程位于商业大街的一家百货商店。那里正在削价出售家庭用品,而我想买一些把手较大的容器和平底锅,让我能更容易握住它们。在炊具部,我从衣袋里伸出双手,仅仅是为了打开容器的盖子并估量一下它们有多重。我选了一只看起来容易握住的容器,然后走到收银台去站队。我把双手藏在容器下面。当队伍往前移动时,我拉开手提包的拉链,打算掏出信用卡。可是,我立刻意识到排在我背后的那个人正在望着我,看我的那双手。

我稍微回头一下,确信无疑,一位妇女正在凝视着我那些鼓起和发红的指关节。我狠狠地瞪了她一眼。我真想厉声地说,没错,我的手很丑陋,看来很可怕,今生今世就这样难看下去了。

当我怒气冲冲地转过身子时,那位妇女问道:"您的手发痛,是吗?"

"是。"我答道。她的语调所蕴涵的关心使我感到惊奇。不过,我还是按捺住情绪加上一句:"这又关你什么事?"我不需要陌生人的同情。同情不会医好我的病。

这位妇女靠近我,伸出她的双手,手指笔挺,很漂亮。她说:"我的这双手以前跟您的一样。我也患过可怕的关节炎。"说罢,她把手指轻松地伸展了几下。

我目不转睛地看着她,说不出话来。她在开玩笑吧?但是这不可能,因为她的双眼充满了同情和关爱。我结结巴巴地说:"什么……是怎么一回事?"

"我把一些关节换掉了,"那位妇女说,"从此一切就大不一样了。"

我听说有人置换过髋关节和膝关节,但是从未想到手指关节也可置换!我逐步挪到收银台跟前,出纳员把我所购置的东西在收银机上结算,这时我心中激动不已。

我等那位妇女也付了钱后,急切地问她:"您在哪里动的手术?"

"费城,"她说,"我是在一家手诊疗所做的,那时这种置换还是一项新手术。有些医生到现在还不知道呢。那里的外科医生不能肯定我的新关节可以维持多久,但是它们至今还是很好地运转着。"

"谢谢您,嗬,谢谢您!"我简直大声喊叫起来,拿起货品袋就往外跑去。我一到家,便奔向电话机。我打电话给费城的问讯处,询问有没有专门提到治疗手的医院的名单,当接线员把这样一个医院的电话号码告诉我时,我感激地流出了眼泪。

几天之后，我坐在了蓝道尔·卡尔普医师的诊所里，同他谈话。他是费城手治疗中心的一位外科医生。他把我一只手的 X 光片按在荧光屏上，用手指点给我看：关节炎已经磨损了软骨结构，因此指骨互相摩擦。他解说道，那些业经磨损的部分可以用塑料关节置换，之后我体内会产生瘢痕组织来稳固关节。我当即问道："您什么时候可以动这个手术呢？"

一个月之后，我的右手做了手术，医生只要求我在医院里待一个晚上。这次手术有些术后痛楚，但与我多年来一直在经受的痛苦相比，那是微不足道的。

比疼痛的消失更为美好的是，我从此有了充满希望的前景，因为绝望的心情是各种痛苦中最恐怖的苦楚。接下来，我在职业疗法专家特里·斯基文那里锻炼了 6 个月。她教我一些操练方法，好使我的手指重新正常地活动起来。这些操练会使瘢痕组织柔顺灵活，并坚强得足以把新的关节固定在位。"你必须天天操练，"她坚定地告诫我，"不然的话，那次手术将前功尽弃，只是浪费时间罢了。"此后，我每天操练几个小时，直至我的手指慢慢地而又肯定地变得灵活和结实为止。

一年以后，也就是 1996 年，我的左手也动了手术。虽说我的 10 个手指还不能完美地挺直，但已能伸屈自如，而且不再疼痛了。

现在，我出门时总随身带些费城手治疗中心的地址卡。当我站队购物或者在餐馆吃饭时，或者只要我一眼看到一个过路人的手指变形、关节处有疙瘩或骨节肿大时，我就开口问他（她）："您的手发痛，是吗？我的这双手以前跟您的一样。"然后，我就给他（她）一张治疗中心的地址卡。我不在乎这人起初会不会感到惊愕，只要他或她能发现这病是有法治愈就行了。

一个人可能必须学会忍着痛苦活下去，但有一样东西是你活着就绝不能缺的，那就是希望。

感恩提示

读到文末，相信大多数人都会情不自禁地露出微笑。是的，有什么词比希望更温暖、更明亮、更有希望？我们从来不惧怕天气的阴郁，更不担心气候的冷暖，我们有的是勇气、坚定和迫切的梦想，我们认为，只要我们愿意，梦想即使不能真的像我们想的那样马上成真，但总是可以一步一步靠近，不是吗？希望和梦想，就像一对相互扶携的伙伴，风雨无阻，只会一个动作：前行。

是的，在更长的时间和更多的等待之后，失望虽然会不时地出来捣乱一下，试图拉走希望，破坏梦想。但是老迈的岁月和虚弱的风霜都不能吹倒希望，因为它就是我们的拐杖，即使路途漫长，即使前面有数不尽的坎坷与曲折，只要方向正确，只要我们的脚步坚定，希望，就不会渺茫。因为，在我们力所能及地努力和付出之后，即使真的现实残酷，但是别忘了，我们还有个秘密武器：奇迹。是的，奇迹总是在我们最艰苦最努力最煎熬的黑暗之时，登门拜访。就像文中的"我"，结局是微笑着，把希望传播……

(李桂荣)

色彩虽然千变万化，但不是绘画艺术的全部；除了鼻子上的眼睛，画家的双手也是另一双眼睛。为什么不试试用双手"看"色彩？

另一扇梦想之门

◆张莉莉

每年5月，是英国著名的圣劳伦斯美术学院的入学考试时间。来到这里的考生，都怀揣着一个关于绘画的彩色梦想，而圣劳伦斯则是他们梦想得以实现的重要桥梁。

在画室里，作为考官的教授们从一端走到另一端，随时对这些孩子的作品打着分数。第一天素描考试结束，大部分教授在心里都有了人选，于是在第二天的色彩考试中，他们格外关注那些自己挑中的学生。油画系的威尔斯教授也是如此。但是当他经过自己中意的那个学生身边时，一些特别的颜料引起了他的注意。

那是不同于市面上出售的颜料,每个代表颜料颜色的包装都被拆掉,被人贴上了写有颜色名字的标签。更不可思议的是,在那个孩子半掩着的颜料箱里,有一张写得密密麻麻的小纸条。威尔斯仔细地盯着纸条,才看清楚上面的内容:苹果是红色的,梨子是明黄,绛紫的葡萄……威尔斯边纳闷儿,边抬头看着那个画画的孩子,这是他昨天发现最有潜力的学生,素描作品完成得非常出色——扎实的基本功,清晰整洁的构图,细腻的光影过渡……每一个细节都近乎完美。那孩子作画的时候,眼睛里还放射着光芒!然而今天,孩子手中的画笔是颤抖的,表情凝重,眼神如死灰般暗淡,时不时还会紧张地吞着口水。完全判若两人!威尔斯在考生中来来回回数次,突然想明白了什么。威尔斯再次把目光投向了在画架后面咬着嘴唇,额头渗出汗珠儿的男孩。

几周后,圣劳伦斯美术学院的网站公布了新生录取名单。威尔斯忙碌了一天离开学校时,在校门口看到了一张熟悉的脸,一个瘦高的大男孩。他不停地向学校里面张望,眼神中是失落和无奈,却还有一丝渴望。

"嘿!小伙子!"威尔斯走过去跟他打招呼。

男孩略显紧张:"嘿!"

"叫我威尔斯,是这所学院的油画导师。"威尔斯向男孩伸出手。"我叫杰克,我,是个落榜生。"男孩说着低下了头。而威尔斯脑海中又浮现出几个礼拜前这个男孩紧张地流汗咬嘴唇的样子。"跟我来,小伙子。"不等男孩回答,威尔斯用他的大手揽住男孩的肩膀,像揽住自己的孩子一般。

杰克被威尔斯拉到一个小型车间似的地方。门被打开的一刹那,杰克突然怔住了,这里面简直就是个小型美术馆,到处是绘画和雕塑作品,而且都是上乘之作。他呆呆地站在门口好一会儿,直到威尔斯叫了他两三次才应声走进去。

威尔斯笑了笑,扔给还在惊叹的杰克一套咔叽布工装,两人穿戴整齐,威尔斯把杰克带进陈列间里面的一个工作间。没等杰克明白过来,威尔斯就递给他一个调色盘,指着一个画架,让杰克画地上放着的一组静物。面对眼前这一切,杰克猛然间乱了方寸,完全不知道该做些什么了。

"说说你为什么喜欢画画?"这个问题算是给杰克解了围,于是杰克开始滔滔不绝起来。他谈论起举世闻名的绘画大师,谈论他们的绘画风格,出神入化的色彩运用……谈着谈着,他却越来越没了精神,他觉得自己就像是背书一样,背着那些从绘画典籍中看来的关于色彩的评说,还有那些美妙的变幻莫测的颜色。画笔和调色板从杰克手中滑落,他低着头,泪水一滴滴掉落下来。

威尔斯走到杰克身边,说:"知道吗,杰克,曾经,我最大的梦想并不是成为画家,而是站在篮球场上,做一名职业球员。"

"那为什么你没选择篮球?"杰克擦了擦泪水,问道。威尔斯把脸转向杰克,接着,轻轻卷起左腿的裤管。杰克惊讶极了,威尔斯的左小腿竟然是假肢!

"每个人都有一个最初的梦想,但因为各种原因,有可能失去或者根本就不具备完成这个梦想的能力。不论如何,我们都要诚实面对,积极努力,即使不能完成最初的梦想,也会打开另一扇梦想之门。"说完,威尔斯拿一块手帕蒙住杰克的眼睛,把一个石膏像放到杰克手里。"色彩虽然千变万化,但不是绘画艺术的全部;除了鼻子上的眼睛,画家的双手也是另一双眼睛。为什么不试试用双手'看'色彩?"

那天之后,威尔斯再也没有见过杰克。直到 6 年之后的一天,威尔斯在报纸上看到一则关于巴黎现代艺术作品展的报道,文中写着:"年轻的雕塑家曾经因为色盲症无法考取著名的美术学院,但在一名导师的启迪下,他用自己的双手代替无法辨别颜色的眼睛,在雕塑界一举成名。他非常感谢这位给了自己方向的导师,虽然他没有给他上过一堂绘画课,但是却为他的梦想之门打造了一把宝贵的钥匙……"

威尔斯的眼睛模糊了,他抬起头,在弥漫的泪光中,一个瘦瘦高高的身影正朝他走来……

感恩提示

条条大道通罗马。是的,这是一句简单明了的格言,它提醒我们,只要梦想坚定,总会有办法和门路靠近梦想的殿堂,重要的是要努力,要坚持。可是,一个问题接踵而来,如果,你的方向是错误的呢?就比如文中的那位一旦要调颜料就会紧张得手发抖的男孩威尔斯。他是一个色盲,也就是说,即使他再花一辈子来努力,来坚信自己离梦想的距离会越来越近,但是他永远进不了梦想的殿堂,因为他的方向不对。

如果方向是错的,那么停止就是进步。让人庆幸的是,老师的指点是如此温和而及时,当他掉转了方向,朝着正确的地方行走时,事半功倍。异样明亮的成功就此来临。这是方向的力量,更是指点者明智的帮助。我们都有自己梦想的天堂,我们都应该学会找到最正确的方向,当那位指明方向的智者来临时,我们送上的除了我们胜利到达的好消息,更应该是我们最深深的敬意和感恩。

(李桂荣)

我知道我应该为人宽厚、善待他人、坚持自己的处世之道,不能违背自己的良心去人云亦云。至少,我不能再生活在烦恼的氛围里了。

麻雀飞起来的时候

◆沈 弘/编译

我发觉自己处境尴尬,而这是我最不愿意的。但是从那一刻起,一切都改变了……

这是我在纺织厂上班的许多平凡日子中的又一天。我是这个厂的经理,自从大学肄业到这里工作,已经过去了 12 年。12 年!其中有大约 3 万个小时在工作,还不算那些加班的时间。往事不堪回首。在这儿的大部分时间里,我都感到心情抑郁。公司老板脾气暴躁,她的决定常常言之无理,与我从小接受的教育常常相悖,但是,作为经理,不管我自己感觉怎样,都不得不执行她的决定。

起初我还试图说服她改变一些无理的决定,但是得到的回答常常是同样的:"我是这个公司的老板,我发命令,你只管执行就是了。"

有一次,老板要解雇一个工人,其理由仅仅是她"不喜欢他的长相",而我,就是必须执行这一指令的人。同事们不仅仅是我的下属,也是我的朋友,而老板却不喜欢这样。按照她的规定,我必须待在自己的办公室里,连休息的时候也只能去行政人员休息室。只有在下午 5 点半她下班以后,我才可以趁此时间溜到餐厅去和所有上中班的人共进晚餐。

所以,有好多次,我都想直接走进老板的办公室,递交我的辞职报告。但是由于周围没有多少就业机会,特别是对我这样一个没有大学文凭的人,要重新再找工作似乎很难,我怎么敢轻易辞职呢?有时我想到已经在这里待了很久,而且还不得不继续待下去,待更长的时间,便不觉黯然神伤。

事情会变得好起来的,我安慰着自己。但是其实不然,一切照旧。后来我只好改变自己,闭上了嘴巴,凡事都照老板的要求去做。

那是一个春天的黄昏,老板已经离开工厂回家了,工人们在工间休息,我正在车间办公室核实顾客订单和生产情况。这时,质检员波丽娜手里捧着什么匆匆走了进来。波丽娜已经上了年纪,虽然她的眼睛常常显得疲倦,但脸上却永远带着微笑。我真羡慕她这一点。"蒂姆,快来帮个忙。"她说,现在我看清楚了,她手里捧的是一只小麻雀,"看,蒂姆,小鸟飞不起来了。"

我仔细地检查了小鸟,它的双腿被一根细线缠住了。波丽娜告诉我,工间休息时,她在外边散步,在一棵白桦树下发现了这只麻雀。它可能想把那根线捡起来去搭窝吧。

"可怜的小家伙,"我说,"快把它放到桌上来吧!"我从急救包里拿出一只小镊子和一把小剪刀。

波丽娜按住小麻雀,我则仔细地试着剪去细线。细线和麻雀的双腿是同样的颜色,我瞪大着双眼,试图把它们区分开来。小鸟大概是吓坏了,它扑打着双翅,使劲挣扎着。我不得不暂时住手,以便让它平静下来。我怎么才能让它重新获得自由呢?

我抬头看了看波丽娜,她点点头,似乎对我充满了信心。厂里显得非常安静,正是工间休息时间,这里就只有我们俩。我深深地吸了一口气,再次埋下头去,仔细地修剪起来。突然间,没有什么比帮助这只可怜的小鸟更重要的了。它会再次飞起来的,我告诉自己。最后,我终于剪断了所有缠住小麻雀的线:"好啦,它自由啦!"

波丽娜把小麻雀捧在手里:"谢谢你帮了我的忙,愿上帝保佑你,蒂姆。"

我的心情顿时愉快起来。事实上,我好长时间都没有这么愉快过了。为什么我不能每天都生活在这种愉快平和的氛围里呢?我跟着波丽娜来到外面,她向空中送了一个飞吻,然后两手一伸。小麻雀站了起来,开始还有些犹豫,然后，它张开翅膀，向着附近的一棵白桦树飞去，准备继续它未完的造窝工作。

波丽娜站在那里向它挥手再见，她的脸在夕阳下显得喜气洋洋。

我们回到厂里。我看着笨重的机器和角落里堆积如山的旧布。我已经在这里度过了人生的许多光阴，但是我在工作中从没有获得过像帮助这只小麻雀一样的愉快和满足。世上的金钱和劳动从没有令我像现在这样感到充实。我把生命的许多时间都耗在了唯命是从、助纣为虐上，所以，我永远生活在烦恼里。

我站在那里，想了很多。我知道我应该为人宽厚，善待他人，坚持自己的处世之道，不能违背自己的良心去人云亦云。至少，我不能再生活在烦恼的氛围里了。应该是大胆采取行动的时候了——辞去这个给了我如此多的痛苦的工作，还自己善良的本性，还自己平和愉快的心情。

我重新又来到外边，抬头向树上望去，小麻雀正从白桦树向天空飞去。我知道，那天重新获得自由的绝不仅仅是它。

感恩提示

生活，有时就是一种选择。和文中的"我"一样，我们都在诸多生活面前面临选择。在有限的时光里，我们常常因为这些选择而犹豫不决，低头沉吟，抬头仰叹。我们总觉得生活给我们的羁绊太多，失败、坎坷、困难，一个解决了，一个又来了。我们的生活似乎总在面对一个又一个问题。但是，我们从来都没想过，我们应该感谢生活的给予。是的，感谢。

我们总要成长，从幼年到青年到成年，我们一步一个台阶，一步一个脚印。成功了，成熟了，胜利了，我们欢呼雀跃，但想过那些台阶没有？我们为它努力抬脚前行；想过那些脚印没有，我们为它付出力量和坚定的信念。就像生活给过我们的那些挫折和苦难，当我们经历过后，忽然意识到，没有它们，我们战胜不了自己。就像没有风雨，我们意识不到彩虹的美丽与珍贵。所以，向迈过的每一个困难说声谢谢，向每一个胜利表示感激，向我们的生活，表示感恩。没有它们，就没有我们的未来。

(李桂荣)

6月的洛丝玛丽多美呀,但一切都会随季节淡去。漂亮的洛丝玛丽,对死者最好的怀念就是笑对缤纷人生。

66 朵洛丝玛丽

◆宋 文/译

苏格兰女孩儿艾美自小父母双亡,与弟弟瑞查相依为命。艾美16岁那年,她在纽约的姑妈邀请姐弟俩去美国度假,但厄运也就开始了,瑞查到纽约的第三天就意外地遭遇了一次抢劫。

由于情报组的信息错误,特警营救小组的负责警官霍尔在行动中,忽略了另一间房里的匪首和瑞查,只解救出4名人质,导致无辜的瑞查命丧于顽抗的匪首枪下。

传媒都把矛头指向了霍尔。在一片责难声中,霍尔警官默默地帮艾美料理完瑞查的后事。艾美返回英国那天,霍尔特意买了11朵玫瑰放在了瑞查的灵柩上。那是一种叫做洛丝玛丽的水红色玫瑰。在古老的苏格兰语里,洛丝玛丽的意思是"死的怀念"。霍尔笨拙地跟艾美说了声"对不起",这是他这几天来跟艾美说的唯一一句话,他甚至不敢正视艾美的眼睛,因为他觉得自己有着不可推卸的责任。

从此,每到瑞查的忌日,艾美都会收到11朵寄自美国的洛丝玛丽,那是霍尔,他还会在附言条上特别叮嘱艾美一定要将花放到瑞查的墓前。

一晃6年过去了,艾美又一次来到纽约看望姑妈。临走,她想起了内疚万分的霍尔警官,可当她来到警局,警局的人却告诉她,那次事件之后不久,霍尔就辞了职,没有了固定的工作,他开始酗酒,日渐消沉,最终他的妻子也离他而去……艾美听后,心中顿时生出一种寻找霍尔的冲动。

第三辑 心相连,爱无痕

艾美花了近两个月的时间，才在特伦顿的一个小镇上找到霍尔，他独自居住在镇上小教堂的后院里，阴暗的旧屋凌乱不堪，他半倒在破旧的沙发上醉得不省人事。艾美简直不敢相信这个肮脏的醉鬼竟会是当年那个俊朗精干的年轻警官，短短6年中，他的变化居然如此之大。

艾美退出小院，不经意间，她发现院子里竟种满了洛丝玛丽。教堂的神甫告诉她，每年夏天，在这些玫瑰开放的季节，霍尔都会将花剪下来放在小镇墓地的墓碑前，好像那就是他的工作，也只有那个时候他才是清醒的。艾美的心又一次被深深震撼了，她意识到自己必须做点儿什么……

很快，夏天来了，艾美又来到了霍尔的小院子里，满院子的洛丝玛丽争相长出了漂亮的花蕾，艾美站在院子的篱笆外。正在院子里整理洛丝玛丽的霍尔，抬头意外地看见了艾美，当年16岁的少女已出落成一个亭亭玉立的大姑娘了。

"谢谢你这6年来送给瑞查的66朵洛丝玛丽，它们真漂亮。"艾美大方地绕过篱笆，笑靥如花地迎向霍尔。

"对不起，要不是我的失误……"霍尔自责道。

艾美淡淡地打断了霍尔："事情可不是你想的那样。"说着，她拉着拘谨的霍尔向院子外面走去。

霍尔很快就被艾美拉到了教堂外的小广场，那里正在举行一个热闹的庭院聚餐会。艾美带霍尔走进去，兴致勃勃地为他介绍那些陌生客人："这是哈德森先生，他是纽约的一个唱片发行商，有两个儿子在念中学，太太正怀着第三个孩子；这是吉米，小伙子刚从大学毕业，已经在一家证券公司做了三个月的经纪人；还有，那位是菲斯太太，曾经是个小野猫似的姑娘，可自从嫁给一个波士顿的律师之后就安分地做起了家庭主妇；噢，还有那边跟女孩子们逗乐的鲁，他是个演员，下个月有出新戏要打进百老汇……"

"嘿，等等，等等，这与我有什么关系吗？"霍尔不解地扭头问艾美。

艾美眨眨眼答道："天啊，你不记得他们了吗？他们是当年你从匪徒枪口下救出的那4个人质呀。"

霍尔有些恍然，但他抑郁的神情并没有因为这个欢乐的场面而开朗起来。他低声道："可是瑞查不在这里，我不能逃避自己的那份责任。"

"是的，瑞查永远不会在这里了，但这不能成为一个人失去自信和生活消极的理由。"艾美走过来，握着霍尔的手温和地说，"你看，不正是因为你当年果断的营救，他们才能活着，而且活得这么快乐，这么健康。如果对死者的怀念会给生者的心灵笼罩阴影的话，那么，66朵洛丝玛丽将失去它们真正的价值。"

霍尔没有说话，他扫视着喧哗嬉笑的人群，慢慢地，两行热泪滚出他的眼眶。艾美长长舒了口气。尽管身边的霍尔还穿着满是油渍的旧夹克，脸上也胡子拉碴的，但他的眼睛已经开始恢复神韵。忽然间，他想起了那些洛丝玛丽，6月的洛丝玛丽多美呀，但一切都会随季节淡去。

是啊，漂亮的洛丝玛丽，对死者最好的怀念就是笑对缤纷人生。

感恩提示

我们没法责怪霍尔，每个人面对的世界有大有小，最正确的行为是先大后小。所以，霍尔的选择有时并不能用等号和错误画在一起。因为这样的豁达，艾美才可以平静地面对霍尔和一切的变故。只是没有想到，霍尔把深深的自责埋在了心里，并从此背在了精神的肩膀上，像一块愧疚的石碑，压得他直不起腰来。好在，霍尔还有那正确的也同样善良的选择——每年用11朵洛丝玛丽表达自己最深沉的愧疚。

在艾美的宽容与帮助下，霍尔终于卸去了他背上的重压。而他解救的那4个人也返还了最大可能的感激——他们用健康、快乐和成功，齐刷刷地聚在霍尔的眼前。

（李桂荣）

这份真诚的坚持使一个已经关闭的马克书店为了一个大洋彼岸的落魄青年重新开张，一开就是 20 年。

华菲大街 136 号

◆古 古／编译

从小到大，亨利对书籍的渴望从来没有中断过，他梦想能成为一位作家。可即便这样，这位纽约大学的研究生，还是没能逃脱被解雇的厄运，成为一名搬运工。

一天中午，亨利百无聊赖地翻着桌子上一张用来包裹工具的旧报纸，上面一个布丁大小的广告吸引了他："好书从不会折旧，我们之所以折价出售，是因为它值得更多人分享。"这个位于英国伦敦华菲大街 136 号的马克书店以极低的价钱出售旧书，亨利的眼睛开始炯炯发光——他一直对英国文学有着浓厚的兴趣，他决定邮购！

亨利把残破的报纸带回了家，忐忑地把邮费和自己的索书单按照地址投递了出去，同时寄去的还有一封信。在信中，他自嘲地说："现在，我总是左肩背着水泥袋，右肩背着大木箱，不知哪个肩膀能担负起自己的未来……"

两个星期后，邮递员带来了来自伦敦的包裹单。亨利激动地取回那一摞珍贵的旧书，每一本都让他爱不释手。特别是书里夹的那封意味深长的回信，更让他激动得久久难以平静："肩膀上再重的负担也不能影响你担负起自己的未来，因为理想要用心来担负……"信的署名是马克。

就这样，亨利和马克先生开始了关于书的通信。

在马克先生的鼓励下，亨利开始了文学创作。伦敦和纽约距离那么遥远，可马克先生对亨利的体察和关怀却如此真切，马克先生的存在使亨利不再怨天尤人。

　　曾经有几次,亨利凑足了路费,想飞去伦敦拜谒自己心中的圣地——华菲大街 136 号,却总是不能成行。有时是因为自己的工作安排不允许,但更多的时候是因为马克先生出差旅行,或者装修书店。这样的通信转眼就持续了 20 年。

　　20 年后的亨利,已经是一家先锋文学杂志社的编辑。他一天比一天更热切地盼望能够亲手推开华菲大街 136 号的门,和亲爱的马克先生畅谈自己对文学的理解。

　　终于有一天,亨利获得了一次到伦敦出差的机会。他没有把自己的伦敦之行事先通知马克,他决定给马克一个惊喜。

　　亨利沿着华菲大街小心翼翼地向前走,好像怕打扰了自己与马克先生之间 20 多年友情的宁静。他带着当年那张刊登马克书店广告的残破报纸,和马克先生寄给他的一些书,数着每一栋建筑前的门牌号:"……104、108……136!"136 号!就是这个在亨利的信和梦中出现过无数次的门牌号,可就在亨利的目光找到它的那一瞬间,他脸上喜悦的表情突然凝固了——136 号门牌旁,挂着一家咖啡店的招牌,而不是马克书店!

　　亨利不知道是自己的记忆出了错,还是伦敦的城市系统出了错,他疑惑地推开咖啡店的门,问服务生知不知道一家马克书店。旁边一位拖地的老妈妈回答了亨利的问话:"这里就是马克书店,不过那已经是 30 多年前的事情了。我以前就在马克书店干活。"亨利愣住了,他结结巴巴地问:"那马克先生呢?"老妈妈伤感地耸了耸肩:"就是因为他去世,书店才会关门啊,马克先生可真是一个好人……"

　　亨利慌慌张张地从背包里拿出那张印有广告的旧报纸:"可是……如果马克先生已经去世了 30 多年,那么这则广告从何而来?"老妈妈盯着那张残破泛黄、没有日期的报纸看了很久,然后喃喃地说:"凯特,她可是我们那时候的大明星,她死了也有 30 多年了吧……"

　　亨利的目光转向报纸上广告边的那条报道,那条死在 30 多年前的某个大明星的讣告终于道出了这则广告的秘密——这不过是一则旧报纸上的过期广告。

　　亨利的脑子一片空白。那是谁与他通信 20 年之久,还不断寄书给他呢?亨利艰难地控制着自己的平衡,走向大门。就在他拉开门的那一刻,一个声音在他身后响起了:"亨利,你晃得很厉害,是肩上的水泥袋和大木箱太沉了吗?"

亨利转过身，收款台后面的那个女人用她湖蓝色的眼睛静静地微笑着望着他的那一瞬间，亨利好像明白了什么，那个女人站起来，向他伸出了手："嗨，我是珍妮。"

这个开咖啡馆的女人，在第一次接到一个落魄青年写给马克书店的信的时候，为了帮他重树信心，跑遍了伦敦的旧书市场，有时还把高价买进的书低价卖给他，鼓励他不要放弃自己的理想……这份真诚的坚持使一个已经关闭的马克书店为了一个大洋彼岸的落魄青年重新开张，一开就是 20 年。

一年之后，华菲大街 136 号出现了一家马克书店，和 30 多年前的那家马克书店一样，它用低廉的价钱向爱书的人们出售珍贵的旧版书籍，如果你幸运的话，也许还会收到书店主人的亲笔信函，署名是亨利与珍妮……

感恩提示

我们希望自己的生活能多姿多彩，就像我们每个人都迫切地希望自己离成功越来越近。我们现在可能只是一个跋涉者，在现实与成功之间辛勤劳作。我们用体力，用脑力，用智力，一点一点向前努力，一寸一寸往上争取。我们也许没有像亨利和珍妮那样的奇遇，但是，他们的故事告诉我们：我们可以用成功感谢我们经历过的苦难。

很难想象，如果没有做搬运工的苦难过去，马克会如此珍惜自己的机会，由一封信走向收获爱情和成功。马克的过去是灰色的苦难，他用自己努力勤奋的脚步，把灰色一点一点改变，由一封信，走到了爱情甜蜜、事业成功的今天。更重要的，他们延续着感恩心态，用善良，把成功的梯子架在苦难里，方向是成功。如果你也愿意，那就用善良做笔，温暖做纸，把信念写成一封信，帮助每一个梦想都能找到它最该奔向的方向，这就是我们最好的回报。

（李桂荣）

慈　爱

◆ 王致诚

　　她的样子寒酸、古板、不打扮,手里提着工作袋和旧雨伞,走向山头的医院。这一年她65岁了。那天晚上,她坐在那里,两只脚高高地搁在另一张椅子上——照她的看法,自然不是贵妇淑女应有的举止。不过她实在太累了,浑身酸痛,而且照痛的程度看,恐怕还不只是疲倦,也许做了40年护士之后,现在该是退休的时候了。就在这时候电话铃响起来,常常找她的一位医生问她,肯不肯去看护一个病人,是个12岁的男孩,已经病了很久,没有多少日子好活了,医生希望他有位特别好的护士陪他。她答应了。

　　男孩的病历表上记载,已经实施过15次大手术,输过100多次血,还有拖了一年多的间歇性寒热。她放下病历表,走进男孩的病房,做了三件事:向他道了晚安,告诉他,假使要从床上坐起来,就得确确实实地坐起来,不能软绵绵地瘫在床上。然后她卷起了衣袖。

　　从此,她以无限的慈爱苦苦地陪伴这身心交瘁的病童同病魔搏斗,而且有三次和死神搏斗。这以前,男孩躺在床上苟延残喘,怕得要死。他第四次是出血,然而这次他竟对病魔发怒了。站在床边的她笑了,因为她已经胜利:教会了他如何奋起作战。

　　男孩可以活下去了,那是毫无疑问的,但是需要教他的事还多着呢。首先是教他走路(虽然他能不能学会走路连医生都没有把握);还要让他受教育,因为他几乎不识字,更糟的是他根本不愿意学,他唯一的兴趣是梦游远方,远离那张病床。于是她就针对这一点开始。

她把自己小时候在英国的故事告诉他，又把一些关于法国的故事告诉他，第一次世界大战时她曾经到法国当过护士。她建议他写信去索取杂志广告上宣传的旅行手册。他求她替他写信，她不答应。因此，慢慢地他就开始学习写字了。

她又引导他向前迈进一步，告诉他，如果希望将来出外旅行，就需要有点儿钱，所以最好现在就开始赚钱。怎么赚？用两只手，她替他买了一架小小的织布机。织出的布数量逐渐增多，她答应给他推销——但是他必须自己记账。因此他开始学算术。

有一天，她有意无意地提起，懂点儿法文对出国旅行的人会有帮助。她教他一些法国话，有一句就是"我爱你"。她说："你到法国去旅行，就知道这句话很有用了。"他听了，心里为之一动，因为她的眼神充满了慈爱。可是更动心的还在后面呢。

她教他，要不厌其烦，这对他也许最重要。对不肯听话的两条腿不厌其烦，对愚昧无知的脑筋不厌其烦。她给他的腿按摩，硬把他有残疾的腿扳回正常的位置，痛得他直叫。为了启发他的心智，她叫木匠做了一张马蹄形的桌子围着他的病床。

她先布置他右手边的世界，堆了许多英国作家的小说，后来又添了一些外国小说。有一天早晨他醒来时，看见多了一个书架，上面是一幅布鲁格画的《婚礼》。几天之后，换了一幅霍尔斯画的《波西米亚女郎》——他心里又为之一动——然后是毕加索的小丑像和仕女画，以及霍默、米开朗琪罗等名家的作品，他看书看腻了，就欣赏欣赏这些名画。

最后，她又在他桌子的左手边布置了留声机和一些唱片。在炎热的夏天，他们就听德彪西的《海》。一个凝霜的冬夜，他首次听到西贝柳斯的乐曲。因为多年缠绵病榻，他已经慢慢习惯于梦想，所以她特地在他面前摆了一架望远镜，他的窗下有山谷和小城，"看，"她说，"看这个真实的世界。"

这时候，他已经15岁了，开始流露出新的不安情绪。她一定注意到这种情形，因为不久之后，他的桌子上出现了一本与过去迥然不同的书。那是一本描写少男少女的小说，作者的描写也相当坦率。最后，他终于渐渐了解自己心理上的变化。许多类似的书接连出现在桌子上。他心里很高兴，也觉得很可笑，这位老小姐居然带了这些书给他。有一次他跟她开玩笑,问她知不知道这些书的内容是什么。她和平常一样以慈爱的眼神淡淡地回答他,说她当然知道。这个男孩子就这样度过了两年,老小姐以无限的慈爱一直把宝藏堆满了马蹄桌。最后她告别的时刻终于来临。别的且不说,她自己病得很重,只有短短几个月的时间了,不过他始终不知道。再说,她的工作也完成了,因为他现在已经开始步行,或者说差不多在步行。站在一个小铁栅围成和附有轮子的方框里,他能够摇摇摆摆地走几步了。

他们决定在俄勒冈海滨一个古老的避暑胜地,静度他们在一起的最后几个星期。那里有一条水泥路,可以让他练步。她坐在旅馆临海的窗下织东西或者看书,偶尔抬头眺望海天相接的远方。他以前从来没有注意到她这样和蔼可亲。

每天上午或下午他们都要到那条水泥路上去。她多半坐在树下,望着他来回挣扎练步。许多年前画家替她画像时,她可能就坐在这样的树下。有一个下午,事实上也就是他们在一起的最后一个下午,他忽然想起了一个问题。这是个很重要的问题,他拖着弯曲的双腿尽快地摇摇摆摆地走过去问她,他什么时候才可以丢开帮他走路的方框?如果一旦可以丢开,他应该做些什么特别的练习,使两腿更有力?她一时没有答复。

也许她知道这是她要告诉他的最后一件事了。她慢慢地睁开眼睛,他在这双眼睛里看见了无限的慈爱。但是她回答的时候,仍旧和往常一样,没有废话,好像这问题是谁都应该知道的。"哦,"她说,"你当然要学跳舞才行嘛。"

他的确照她的话做了。不过,当丢开方框能够跳舞时,她却走了——她永远离开了他,但是她那无限慈爱的眼神常常浮现在他的眼前。

感恩揭示

文中的那个已经动过 15 次大手术的小患者,身体备受病痛的折磨,但在这些病痛中,折磨他最厉害的还是心病。他的脑子在旅行世界,腿脚却瘫软在病床上一动不动。庆幸的是,他遇到的是她。她是一个用慈爱做拐杖、用爱心当左脚、用温暖做右脚的护士。她把世界分得那么小那么细,细到真真切切地钻进了男孩的心里。她的慈爱就是一味绝无仅有的药,在最准确的方位,用最适合的方式,准确地扎到了小男孩的心底,循序渐进地让男孩识字、算术、说法语、下地走路。

不知道她呵护过多少病人,她一生都虔诚地守护着每个需要的人。一切的感谢和报答,让我们放在一个叫心的东西里,遥遥地送给天堂的她。相信,在天堂里她会收到众多的感恩,并分散传递给更多需要的人。

(李桂荣)

我以前从没在意过的月光,静静地沐浴着我。夜晚越来越宁静,天地越来越辽阔……

城市上空的月

◆ 罗伟章

我又丢了工作。我老是丢工作。那天下午,我正在计算机上设计文案,老板来通知我:"小马,公司最近面临一些困难……当然,你是很有能力的……你可以把这一个月干满,到时候我发给你双倍工资。"他的话我完全听懂了。虽然我渴望工作,也渴望成功,但我绝不会在逐客令下达之后,为了得双倍工资而死皮赖脸地待在这里。

回到租住的房子,我像一台通电后就被遗忘的机器,在屋子里快速地走来走去。我想这样把自己累倒,然后躺到床上,睡他个死去活来。

可刚过半个小时,外面突然响起了敲门声。

一听那怯怯的声音,就知道又是推销产品的。果然,门外站着一个二十三四岁的女子,我没好气地说:"谢谢,我什么也不要。"女子显然有些尴尬,"真对不起,打搅你了。"她这么嘟囔了一句,就转身下了楼。

第二天上午,我按报纸上的广告去市中心参加人才招聘会。广告上说,招聘会上将现场录用十余种类型的职员,谁知大多数摊位都是空的。这只不过是为了收取求职者10块钱入场费设置的骗局而已。

我能干什么呢？——只有提着酒瓶，一面痛饮一面困兽似的在屋子里转圈。当我喝完两瓶啤酒，突然听见门外有动静。这动静持续了有半分钟，仿佛执意要我听到似的。我几步跨过去把门打开：楼道转角处闪过一缕红衣，接着就不见了。

又是那个女子！她昨天来的时候就穿着那身衣服。奇怪啊，我跟她素昧平生，她一次接一次地到我这里来，又不推销产品，到底想干什么？

关门的时候，我听见门背后发出沙沙的声响，伸出头一看，顿时目瞪口呆：那里，放着一双崭新的软底拖鞋！

很明显，那女子是住在楼下的，我穿着皮鞋不停地走动搅扰了她的安宁。说没有一点儿愧疚之心是不可能的，然而，她实在不该在这时候送给我这可恶的礼物。拖鞋？5年来，我都是租破旧的老房，见识过南方落雨北方落雪，回房后从没换过什么拖鞋！

我"砰"地关了门，把两个空酒瓶竖在地板上，再将汉白玉做成的健身球朝瓶子滚过去。酒瓶一次次被击倒，发出哐当哐当的响声。我等着那女子上来，可她始终没有上来。

此后两天，上午我都找工作去了，但都没成功，不是嫌我专业不对口，就是人满为患。

好在空酒瓶已增至8个，我可以更加像模像样地玩打保龄球的游戏了。

玩到第5天下午，那女子到底来敲门了。我带着吵一架的心思猛地将门拉开，谁知她竟朝着我笑！我得承认，她长得很漂亮。她从地上抱起一卷显然是刚刚买来的红毡毯，望了望我屋中央凌乱的酒瓶说："铺上这个吧，你会玩得更高兴的。"我还没回话，她微笑着朝我挥挥手，下楼去了。

我在门边站了很长时间，然后把毡毯和拖鞋拿进屋，当然没有铺，也没穿，只是轻手轻脚地把酒瓶收起来，就坐到那张简易书桌前，什么也不做，直到黄昏收尽，才空着肚子下楼散心。

我刚在一块石头上坐下，就听到有人轻快地朝我"嘿"了一声。听那声音，就知道是楼下的女子。她正独自坐在一棵芙蓉树下。

我走过去说："你？"她说："我望月亮呢。"

生活在城市里的人，看人的脸色还忙不过来呢，哪有心情仰望星空？我说："你的兴致真好。"

"也不是兴致好,看到月亮我就想起故乡;再说,望一望天,心里就少很多计较了。"

想起这些天的事情,我有些不安,结结巴巴地问道:"你……不是本地人?"

"你看我像吗?"她快乐地说,"我是山区农村的,高中没毕业就来这里打工了。"

"打工?"我疑惑起来,"那你为什么每天下午躲在家里?"

她有点儿不好意思了:"我在一家24小时营业的超市上班,下午嘛,是我睡觉的时间。"紧接着,她又说,"晚上我是不睡觉的,一是接班时间早,怕睡过头儿,二是……我从打工那天起就参加自学考试,前年就把大专文凭拿到了,现在正攻读本科呢。你说我能不能干?"

我愣了片刻,回道:"能干能干,当然能干……我让你休息不好,真对不起。"

"不怪你,怪我自己神经衰弱。"她认真地说,"谁没个烦心的时候呢……我知道你在楼上住了三个月,从来没像近几天这样。失恋啦?"她捂住嘴,偷偷地笑起来。

在这个女子面前,我还有什么好隐瞒的?我把自己被炒的事讲给她听了。

"你真不该离开。"她说,"老板又没让你马上走人!说不定他是在考验你的耐心和忠诚呢。让你再继续干一天也好,两天也好,你只要按自己的本分去做就行了,说不定你干满那一个月,他就把你留下来了呢。"

她说得那么自然,但是,她的话却在我心里点燃了一束火炬。

我以前从没在意过的月光,静静地沐浴着我。夜晚越来越宁静,天地越来越辽阔……

感恩提示

在人生的长河里,我们每个人就都是流浪者,所以,我们都需要他人的理解、安慰与帮助。我们目标一样,无论是在城市,还是乡村。当然,从乡村到城市更多了挑战。所以面对城市上空的那轮明月,他人的援手是如此温暖而慰藉。我们可能会和作者一样,在人生里的某一段时间暗淡而不顺畅。但是,和作者一样,更多的人迎难而上。他们的武器是信念和拼搏。但他人的援手更是奋斗旅程中不可或缺的,搭个伴儿,心相连手相牵,同路进取,那些一点一滴的经历都会如珍珠,连接起来是一条叫成功的项链,在我们的生命里永远都会熠熠闪光。当成功的项链挂在我们胸前的那天,别忘了向给过我们帮助、安慰的人投去表示感激的目光。因为,成功有他们的一半。

(李桂荣)

我转过头,爱怜地注视着梅丽莎,温柔地答道:"孩子,天堂里当然也有葡萄;而且,每一餐都有,每一餐。"

天堂里也有葡萄吗

◆[美]娜塔莎·弗兰德　李　威/编译

在距离我们大学几英里远的地方,有一个专门停放家庭拖车的停车场,里面坐落着一片绿松石颜色的房屋。梅丽莎就住在位于保龄球场和收费公路之间的那一栋房子里。而在停车场外面的草地上,到处都撒满了空的啤酒罐和被丢弃的衣服。

"莫莉,我们来这儿做什么呀?"当我们来到这个地方的时候,我不禁感到非常惊讶,便问莫莉道。

此刻,莫莉正缓缓地把车开向那块唯一没有任何垃圾的地方。见我问她,她便以朋友之间才有的口吻答道:"我们不是要去做一件与众不同的事吗?想起来了吗?"

"哦,上帝,瞧我这记性!"经她这么一提醒,我猛地想了起来。就在3个星期之前,我为我们俩在志愿者协会注了册,那天,当我回到宿舍,仍旧按捺不住内心的激动。看着我那近乎疯狂的样子,莫莉微微地笑了笑。每当看到我表现异常的时候,她总是这么微笑着,因为她太了解我了,并能读懂我的内心世界。

从她的笑容里，我仿佛能听见她在说："哈！你以为我们是谁啊？穿着名牌服装，接受了名牌大学教育就了不起吗？冒冒失失地来到别人的家里，就要把人家的女儿带走？你以为我们是谁啊？"

但不管莫莉怎么想，最终我们还是达成了一致，并且联系到了一户人家，他们有个女儿名叫梅丽莎。我们决定帮助梅丽莎。于是，今天，我们就驱车来到了这里。

当我们敲开房门的时候，那户人家的父母并没有前来开门，开门的是梅丽莎，我们顿时感到一阵轻松。梅丽莎身材非常瘦小，四肢细得像竹竿似的。但是，她仍旧是那么天真可爱。只见她上下打量着我们。她一定在想："这两个女孩子信得过吗？"

在她的身后，站着两个年龄稍大一点儿的孩子，他们也和梅丽莎一样，有着一头蓬松散乱的金发和一对蓝色的眼睛。当梅丽莎带着我们参观她们的拖车房屋时，我看得出她们有些不情愿。我知道，她们不想让我们看到她们家的寒酸。

"这儿是电视机，这儿是椅子。还有，这儿有一幅画，是我在上美术课的时候画的。"梅丽莎为我们介绍道。

在这个过程中，梅丽莎的父母一直都静静地坐在椅子上，看着她像一只蝴蝶似的飞过来飞过去。就像天下所有的父母一样，他们目不转睛地注视着自己那成为焦点的孩子，开心地微笑着。

"瞧，这个是我，那时候我还是小孩子呢。"这时，梅丽莎指着一张照片对我们说道，"这个是马克，是我的双胞胎兄弟，可是他已经死了。"

于是，我和莫莉侧过身子，靠近她，以便能够看清楚那张照片。照片上是两个长得一模一样的婴儿，一个穿着粉红色的衣服，一个穿着蓝色的衣服。

"米茜。"这时，梅丽莎的妈妈向她招了招手，并且柔声喊道。于是，她转过身，走到妈妈的身边，然后，她俯下身子，聆听着她妈妈告诉她的一个秘密。片刻之后，她才转过头来，一脸严肃地对我们说道："妈妈说马克和其他的天使一起住在天堂里。"

她的话音刚落，房间里顿时被一种莫名的沉默笼罩起来。良久，我和莫莉竭力地打破了这种难耐的氛围。我们向他们一家郑重地承诺：我们会为梅丽莎系牢安全带，并且会带4份食物回来，8点钟准时到家。

梅丽莎兴奋地抓住了我和莫莉的手，欢快地跳了起来。"卡蒂，达斯第，我会为你们多吃一些的。"她大声说道。

接着，我们一起走向汽车，而梅丽莎则仍旧抓着我和莫莉的手，走在我们的中间。她一边走，一边转过头，向卡蒂和达斯第挥挥手。此刻，卡蒂和达斯第正站在窗前，小脸紧紧地贴在玻璃上，向我们这边张望着，目光中充满了羡慕和渴望。

"他们也想来的。"当我们打开车门，把梅丽莎抱上轿车后面的座位上时，她说。

"下次吧，小妹妹。今天晚上是专门为你准备的，是属于你自己的。"我们告诉她说。在前往我们大学的这一路上，梅丽莎坐在轿车后面的座位上，浑身充满了愉悦和快乐。她的嘴里不停地唠叨着："今天晚上是专门为我准备的，是属于我自己的特殊一晚，特殊一晚。"

来到我们学校的餐厅，她问道："所有的东西……我都能吃吗？"

"当然。"我们告诉她说，"比萨饼啦、意大利面条啦、麦片粥啦，还有汤啦以及沙拉等，你想吃什么就吃什么。"

顿时，梅丽莎惊讶得目瞪口呆。然后，她盯着那一盘盘的食物，围绕着食物桌转了几圈，直到我们把她带到了位于公共餐厅中间的专门摆放沙拉的柜台。

在沙拉柜台，她仔细地看了一遍所有的食物，沉思了片刻，然后把她的碟子搁在滑面上，并指着放在一个金属罐里的东西问道："那里面是什么东西？"

"哦，那是葡萄，青葡萄。"

越过梅丽莎的头，我悄悄地对莫莉耳语道："难道她从来没有吃过葡萄吗？"

"它们好吃吗？"梅丽莎问道。

"嗯，它们非常好吃。"我们告诉她说。听我们这么一说，她消除了顾虑，也就没有再径直走向冰淇淋机。

于是，我将梅丽莎抱了起来，这样，她就能用那一对沙拉钳夹到葡萄了。她一个个地夹着，很快，她的盘子里就堆满了葡萄。然后，我们找了个地方坐了下来，她便开始津津有味地大吃起来。

"哇,你可真像个女牛仔。"我笑道。

看着那满满的一盘葡萄,看着她贪婪地吃着葡萄的样子,我和莫莉不禁感慨万分。我们没有想到在我们大学的餐厅里,在那一桌桌丰盛的食物当中,她所想要的、她所最想要的唯一的食物竟然是葡萄。她认为它们是她这一辈子所见过的"最好看、最甜美"的食物,她希望每个星期、每一天甚至每一顿都能吃到葡萄。

于是,我们三人又走到了沙拉柜台,开始往塑料杯里装葡萄,一共装了4个塑料杯,这是给梅丽莎的家人的。

在我们驾车带梅丽莎回家的路上,大家都沉默不语。梅丽莎静静地坐在后面的座位上,望着怀里紧紧抱着的那4个装满了葡萄的塑料杯,虔诚地微笑着,并且时刻小心着不让它们被打翻。

当我们驶离那条收费公路,驶过那个保龄球场,穿过那个停放家庭拖车的停车场,把车开到了那块唯一没有任何垃圾的地方,正准备下车的时候,梅丽莎突然开口打破了沉默。

"姐姐,"她问道,"天堂里也有葡萄吗?"

闻听此言,莫莉转过头,和我面面相觑。同时,她把手伸向我,紧紧地握了一下我的手,仿佛是在默默地对我说:"你来回答这个问题吧。"

于是,我转过头,爱怜地注视着梅丽莎,温柔地答道:"孩子,天堂里当然也有葡萄,而且,每一餐都有,每一餐。"

感恩提示

当梅丽莎天真地问出"天堂里也有葡萄吗"时,不知有多少人会为此掉下眼泪。"我"和莫莉也深受感动。从小生活在贫困中的梅丽莎,第一次吃到葡萄时,认为那是世上最甜美的食物,异常兴奋。但她独自享受这在别人看来微不足道的美味时,并未忘记家里的爸爸妈妈和兄弟姐妹,也为他们带了一些回去;甚至,她连已经去世的小弟弟也没有忘记,关心小弟弟是否也能在天堂享受到那鲜美的葡萄。梅丽莎那微弱的声音像一缕光线,在瞬间,轻轻照亮了"我"和莫莉以及每个读者的心房。

心中充满爱的善良的人,总是不忘感恩的,总是希望能帮助别人,哪怕自己也身处逆境；总是不忘和他人分享甜美的果实，哪怕那枚果子多么微小。

　　"我"和莫莉当初想帮助他人时，也许带着"名牌衣服、名牌大学"的优越感，但梅丽莎让他们认识到：帮助就是善良和爱心的本能，不求回报。　　（李桂荣）

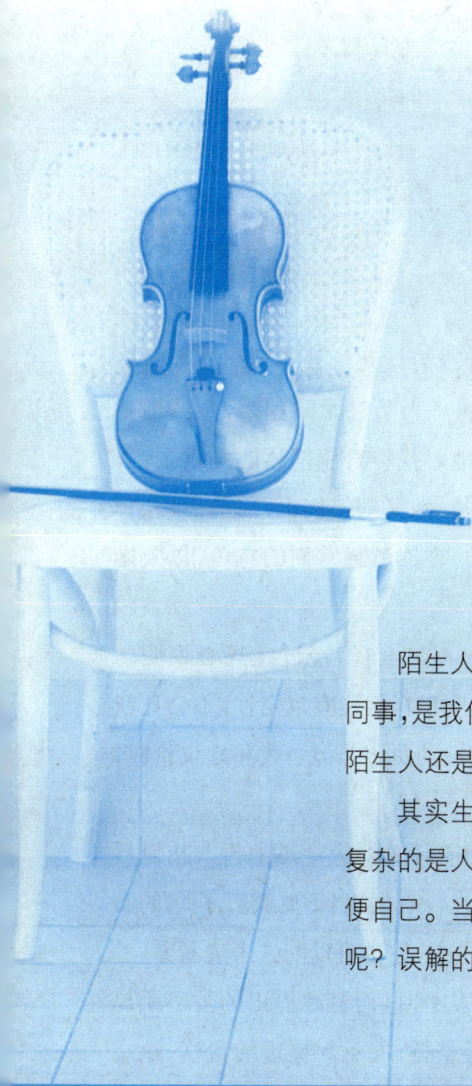

你是上帝派来的天使

陌生人是我们未曾同窗过的同学，是我们未曾共事过的同事，是我们未曾谋面的朋友。我们都是大自然的孩子，所以陌生人还是我们尚不熟悉的亲人和兄弟姐妹。

其实生活很轻松，沉重的是人的情感；其实社会很简单，复杂的是人的思想。帮助别人、方便别人也就是帮助自己、方便自己。当我们彼此不再陌生时，我们的生活会是什么样的呢？误解的冰川一旦融化，便是春暖花开。

撞好最后一天钟

◆吴若权

下雨的晚上，眼镜行没什么生意，店面十分冷清。几位服务员缩在柜台旁边聊天，看到顾客上门，其中一位中年的女性服务人员赶紧站起来，热情地招呼我。说明我要的材质及款式之后，她很积极地寻找符合我描述的几款眼镜。经过试戴，暂时还没有找到我真正喜欢的。于是，她又翻箱倒柜，前前后后、林林总总摆了将近三十副眼镜在我面前，然后一一详细解释它们的特色，以及她认为它们为什么适合我的原因。

其中，有几副眼镜，我刚开始试戴时，觉得不怎么样，经过她热心说明之后，才愈看愈顺眼。试戴眼镜的过程中，她的态度积极但没有攻击性，不会让我产生购买压力。所以，我才能从容挑选，作出最后的决定。但当我和她议价时，她十分坚持原则。

"这真的是我所能给予的最大权限！"她指着计算器上经过七折八扣以后的价格，很镇定地说。她没有露出为难的样子，也没有摆出"不要就算了！"的脸孔，只是安安静静地等待我的决定。"或者，吴先生，你也可以回去考虑看看。"我看看时间，快要打烊了。她陪着我耗了一个多小时，而且她提出的数字距离我的理想成交价格已经很接近了。我终于不再坚持，同意她提出的价格，决定配这副眼镜。

"明天取件哦！你可以傍晚来拿，我在。"她叮咛我。由于事忙，隔天我没有到眼镜行去取件。第3天,我再到眼镜行时,已经找不到她了。"邱小姐被公司遣散了,昨天是她的最后一个工作日。而且,您是她最后一位成交的顾客哦!她在我们这里工作十几年了,很高兴最后一个服务的对象是您。"负责接待我的先生向我说明。

乍听这个消息,我的内心感到震惊而愧疚。她提醒我昨天来取件的,我竟错过了。"她是临时被通知的吗?"我好奇地问。"不,公司早就公布裁员名单了,她早有心理准备。"他一边取出配好镜片的眼镜让我试戴,一边解释邱小姐离职的过程。"吴先生,您放心!她交代得很清楚,没收您订金,试戴满意后再刷卡。"完成刷卡手续,取走眼镜之后,我想到一句话:"当一天和尚,撞一天钟。"

原来,那天我听到的是她在这一家店里最后的钟声。返家的路上,我仔细回想两天前她提供销售服务时的态度,那种"即使做到最后一秒钟,也要坚守自己岗位"的精神,不言而喻,令我十分感动。

撞最后一天钟,回荡在岁月的长廊,在生涯路上,我有和她十分近似的命运。服役时,预官退伍当天,我还带着全排弟兄跑5000米,早点名完毕,才卸下军装,归回故里。那时还十分年轻的我,并不是有什么特别高尚的情操,而是因为军队的作业没有结束,接任的军官来不及报到。看到其他连队的预官,在退伍前3个月就开始当"米虫"等着养老了,我还得忙进忙出的,心里压力很大。

正式踏入社会工作之后,依然如此。每次转换职场跑道,离职前都碰上特别忙碌的时候,最后一天忙到加班还不算数,就任新职以后才回去打包或交接的经验,也有很多。当我想到在眼镜行工作十几年被遣散的她,就仿佛看到自己这一路走来的身影,虽并不觉得"坚守到最后一刻"是什么高尚的情操,却觉得十分感动,愿意为自己喝彩。

尽管,其中很多种情况并非自己所乐见的,而是形势所迫不得不全力以赴到最后一秒,但事后都感觉到"无愧我心"的坦然。也因为这份坦然,让我面对所有昔日共事过的主管,都很自在。

不过,最令我佩服的,还是那位在眼镜行工作十几年被遣散的中年女职员。她既没有丢鸡蛋抗争,也没有为了前途茫茫而怀忧丧志,反而高高兴兴做到最后一刻,相信她这种积极进取的精神,不但值得我努力学习,也必然会为她的事业开启崭新的一页。

邱小姐明明知道自己即将离职,还尽职尽责地站好了最后一班岗,热情、耐心地接待她的最后一位顾客。这"坚守到最后一刻"的做法,虽然谈不上是什么高尚的情操,但的确是一种积极、乐观、认真、负责的工作态度,这种态度本身,既表明邱小姐具备良好的职业素养,也体现出她拥有优秀的个人品质。正如本文作者所说,这种积极进取的精神,不但值得我们努力学习,也必然为她的事业开启崭新的一页。

前国足教练米卢有一句很有名的话:"态度决定一切。"一个人如果抱着得过且过、敷衍了事的想法做事,不思进取,不负责任,我们很难相信他会取得大的成功;而一个心态乐观、做事积极、全力以赴、坚持到底的人,即便偶尔遭遇滑铁卢,我们也相信他一定会东山再起,再创辉煌。

(田 野)

这就是农民,为了十几元钱愿意走 40 里的山路;这就是农民,得了一点帮助便想方设法报答。

卖竹筷的农民

◆张先震

那天上午,好端端地忽然下了一阵大雨。豆大的雨点落下来时,一位陌生的大叔闪进家来避雨。大叔手里提着一个编织袋,袋里装着一捆一捆的竹筷。大叔坐下后,我和他攀谈起来。

大叔住在离这里 20 里远的一个小山村,几年前,他在屋后的山坡上种了一片毛竹,现在毛竹长大了,农闲时常砍下毛竹加工成器具卖,增加些收入。一个星期前他卖了两张竹椅,昨天他把做竹椅剩下的几节竹筒削成了筷子,今天拿出来卖。村子没有公路和外面相通,20里的山路只能靠腿走,今天早晨天蒙蒙亮他就吃了早饭赶来了。

我问:"一捆筷子能卖多少钱?""一捆筷子10双,卖1块。""您这袋里有几捆?""15捆。"为了15块钱,却要来回跑40里的山路。我说:"您挣这15块钱真不容易呀。"大叔笑笑:"可不是。不过,15块也是钱啊,不跑连这15块都没有。"

看外面的雨短时间内没有停的意思,我叫妹妹拿出一把雨伞借给他。大叔接过雨伞,千恩万谢:"多谢你们!多谢你们!放心,我下午回家时就还你们!"

雨下了一个多小时就停止了。午后,卖完筷子回家的大叔走进家来。他一只手拿着伞和卷成捆的编织袋,另一只手提着一塑料袋苹果,说:"我母亲75岁了,爱吃水果,我每次出村子来都要买些回去。"大叔放下伞和编织袋,从塑料袋里拿出4个苹果给我们,我们怎么也不接:"真的不要,我们自己有,您带回家给婆婆吃。""她吃不了那么多,我今天特意多买了一些。"大叔一脸诚恳,把苹果使劲塞给妹妹。妹妹接过苹果,又装回他的塑料袋里:"让婆婆多吃几个,就算我们给她吃的吧!"大叔只好作罢,说:"哎,你们真是太客气了。"

妹妹去打扫房间了,大叔和我聊了一会儿后就动身回家了。傍晚,妹妹收拾茶几,发现茶几上的报纸下放着4个苹果。大叔提起苹果临走时,说要再喝杯水,走到茶几前倒水,趁机悄悄把苹果留在了茶几上。

这就是农民,为了十几元钱愿意走40里的山路;这就是农民,得了一点帮助便想方设法报答。

感恩提示

在这个故事中,卖竹筷的农民大叔,为了赚十几元钱,愿意不辞辛苦地来回走上40里的山路;因为得到"我"的一点帮助,便想方设法一定要报答——他的举动在有些人看来,似乎有些近于迂腐和固执,但实际上,这正反映出一个农民勤劳而朴实的人性本色。或许,对于"我"和妹妹而言,那4个苹果简直微不足道,但它代表的,却是农民大叔一颗诚挚的感恩之心!

感恩,是一种美好的情感,也是生活中一处动人的风景。懂得感恩的人,不但自身的心灵得到宽慰，更能让别人感到幸福！让我们向这位朴素的懂得感恩的农民大叔致敬，他用一个简单的举动，给我们上了一堂生动的人生课。

(田　野)

也就在那一刻，我才真正地认识到：复仇只会加深仇恨，而宽容却能震撼心灵，让仇恨自惭形秽无地自容。

融化冰冻的瞬间

◆孙盛起

1991年，我到美国爱荷华大学留学。那里是个种族大熔炉，会聚了世界各个国家、各种肤色的学生，对此我既兴奋又感到陌生和孤单。由于担心受到别的国家的学生的欺负，不久我就加入了由十几个中国留学生组成的"同乡会"，这样大家有事可以互相照应，使我有一种安全感。

10月的一天，我去学校附近的商场购物，在扶梯上偶遇学校里唯一来自喀麦隆的同学桑乔。桑乔不久前曾因和一个中国学生发生冲突而被我们同乡会"修理"过，对此他一直耿耿于怀。我俩一前一后站在扶梯上，他见我只身一人，就很轻蔑地冲我竖起中指。这是个侮辱性的手势。我毫不示弱，一把抓住他的衣领要和他理论。然而桑乔长得人高马大，我根本不是他的对手，他很轻易地把我的手扭转到背后，然后狠狠一脚将我踹下扶梯。我被摔得几乎昏死过去，不仅脸颊被摔出很长一道口子，鲜血流了一身，而且商场工作人员把我送到医院后，经检查，我的两根肋骨也有轻微裂痕。

同乡会的同学闻讯立刻来看我。很快，我们就制定了两种"解决"桑乔的办法，一是起诉他，让他遭受牢狱之苦并支付巨额赔款；二是找机会收拾他，让他付出比我还惨痛的代价。我倾向于后者，因为在国内和别人打架吃亏时，我都是以这种"正统"的办法和对方扯平。

复仇的烈焰在我的心中燃烧。出院后,我根本无心学习,整天琢磨着怎样找机会对桑乔下手。桑乔显然意识到我们要报复,变得非常谨慎,从那以后再没有离校上过街。有一次我和他在教学楼相遇,面对我的怒视,他的眼光躲躲闪闪,可以看出他的心中充满恐惧。

如果没有发生那起震惊世界的惨案,我的复仇计划无疑就将会实施。那起惨案发生在 11 月 1 日,中国留学生卢刚由于某种原因,开枪射杀了另一名中国留学生山林华、三名爱荷华大学的教授以及副校长安·柯莱瑞女士。

听到这个消息我完全惊呆了。卢刚和山林华不是我们同乡会的成员,受害的另外三名教授我也不太了解,而安·柯莱瑞女士却是我非常崇敬的人,一进爱荷华大学我就听到了很多关于她的故事。她在父母早年远渡重洋到中国时出生在上海,因此她对中国怀有一种不同寻常的特殊感情。她终身未婚,把在爱荷华大学留学的中国学生视若自己的孩子一样,对他们爱护有加,关怀备至,尤其是每年的感恩节和圣诞节她的家就成了中国留学生的乐园。可如今,这样一位慈母般的长者却被人丧心病狂地杀害了,而杀害她的人竟然是我的"同乡"!对此我无法理解,更感到羞耻。我恨卢刚!

如果说安·柯莱瑞女士的被害令每个人都感到震惊的话,那么几天后她的葬礼对每个人的心灵又是一次巨大的震撼。

11 月 4 日,我们全校师生停课一天为安·柯莱瑞女士举行葬礼,葬礼上,安·柯莱瑞女士的好友德沃·保罗神父的一席话敲击着每个人的心灵:"假若今天是我们被愤怒和仇恨笼罩的日子,那么安·柯莱瑞将是第一个责备我们的人。"随后,安·柯莱瑞女士的三个兄弟举行了记者招待会,他们以她的名义捐出一笔资金,成立了安·柯莱瑞博士国际学生心理学奖学金基金会,用以安慰和促进外国学生的心智健康,减少人类悲剧的发生。同时,他们以超凡的爱心宣读了一封致卢刚家人的信:

> 我们经历了突发的剧痛,我们在姐姐一生中最光辉的时候失去了她。我们深以姐姐为荣,她有很大的影响力,受到每一个接触她的人的尊敬和热爱——她的家人、邻居,她遍及各国学术界的同事、学生和亲属。

我们一家从很远的地方来到这里，不但和姐姐的众多朋友一同承担悲痛，也一同分享着姐姐在世时所留下的美好回忆。

当我们在悲伤和回忆中相聚在一起的时候，也想到了你们一家人，并为你们祈祷，因为这个周末你们肯定也是十分悲痛和震惊的。

安最相信爱和宽容。我们在你们悲痛时写这封信，为的是要分担你们的悲伤，也盼你们和我们一起祈祷彼此相爱。在这痛苦的时候，安是会希望我们大家的心都充满同情、宽容和爱的。我们知道，在此时，比我们更感悲痛的，只有你们一家。请你们理解，我们愿和你们共同承受这悲伤。

这样，我们就能一起从中得到安慰和支持。安也会这样希望的。

听完这封信，包括我在内的很多人都失声痛哭。我们被安·柯莱瑞女士及其家人那博大的心胸和伟大的宽容所深深地震撼。

由此我想到了自己，与他们相比，我所信奉的"有仇不报非君子"的信条显得那样狭隘，那样卑微。也就在那一刻，我才真正地认识到：复仇只会加深仇恨，而宽容却能震撼心灵，让仇恨自惭形秽无地自容。

葬礼结束后，我站在公墓的出口，将泪眼汪汪的桑乔拦住。桑乔万分惊恐，见几个中国学生围拢过来，闪身撒腿就跑。我一把拉住桑乔的衣摆，然后拍拍他的肩膀，脸上露出微笑。

"希望以后我们能够成为好朋友。"我说着，向他友好地伸出了手。

桑乔一愣，惊愕地望着我。随后，他明白了一切，张开双臂将我紧紧拥抱。"朋友！朋友！我爱你，朋友！"他开心地反复说着这句话。

感恩提示

诗人臧克家在给鲁迅先生的一首诗中写道：有的人死了，他还活着。毫无疑问，本文中写到的那位老师安，正是一位身体虽然死去，但精神却仍然活在世上的人，因为安的宽容和善良已经长存于人们的心中。她虽然被人枪杀身亡，但深受她影响的好友和兄弟选择了宽容和博爱，就像她生前经常做的那样。这种伟大的人格也感化了两个互相敌视的人，并让他们化解了仇恨，最成

第四辑 你是上帝派来的天使

为朋友。是的，人与人之间难免会发生摩擦发生碰撞，面对这些摩擦和碰撞时，如果我们一味地只知道以牙还牙以血还血，那么人与人之间的仇恨将会越结越深，越结越大。这就是俗话说的，冤冤相报，何时了？但如果我们能换一个角度，换一种思维方式，把对方看成自己的兄弟，看成人类大家庭里的一员，那么，那些所谓的摩擦和碰撞可能根本就不值得一提了。那时候，人与人之间将不会有仇恨，人类世界也将会成为一个美好快乐和谐的大家庭。或许，只是一个简单的微笑，就足够融化那些冰冻；或许伸出友谊和理解的手，你就同样会握到友谊和理解。

（王　嘉）

也许我们都无力与命运抗争，但我们至少可以让生命充满温馨。人间有一种情感，就像这淡淡的茶香，虽然清淡，却透人心扉，它的名字叫友谊。

生命的碎片

◆关　键

我从来没见过比夏塔尔更讨厌的女人！

她已近退休年龄，一直独身，不知是洁身自好，还是吸引不到任何男人。夏塔尔长得异常的瘦，鼻梁上架着一副黑框眼镜。她很少说话，可只要一开口，便尖酸刻薄，令人生厌。

不幸的是，夏塔尔正是我的顶头上司。在她的领导下工作真是痛苦！她的工作方式既古板又烦琐，毫无创新，更没有任何想象力。我几乎每天上班之前都要算算夏塔尔退休的日期，实在是度日如年。

一天下午，我办公桌上的电话响了，是夏塔尔打来的。我俩的办公室只有一墙之隔，但她有事总在电话里说，或用电话叫我过去——也许世上所有的上司都是这样与下属打交道的吧！话筒里夏塔尔的口气似乎比平常温和些："对不起,打扰你了！我想知道,明天中午我们可不可以一起吃饭？"我一时不知所措,她紧接着说,"我的意思是说,我想请你吃饭。当然,不在食堂,去餐馆。如果明天不行,那后天或下周一也可以。"我没有退路,只好硬着头皮接受邀请——推辞是不可能的,她是我的上司！

第二天一早我在办公桌上看到一张卡片,上面写着午饭的地点和时间,一看便知是夏塔尔的手书。同屋的索菲用嘲弄的口气对我说："你真运气！祝你中午胃口好！"我狠狠瞪她一眼,哭笑不得地坐下来。

我和夏塔尔的约会地点是在我们写字楼附近的一家老字号餐馆,只供应传统法餐。我平常很少光顾这类馆子,一是太贵,二是服务太慢,另外菜虽然好吃,但比较油腻。我故意迟到了10分钟,走近餐桌边,只见夏塔尔正在读当日的《费加罗报》。我对她说："对不起,夏塔尔,我迟到了。"她一边收起报纸一边回答："没关系,我也才到一会儿。"接着,我们点了菜。夏塔尔问我喝什么酒,我说中午不喝酒;她迟疑片刻,还是给自己点了半瓶红酒。

我不知这顿饭是不是"鸿门宴",只想速战速决,于是单刀直入地问："你有什么事要对我说？"她有点儿不太自然,嘴角上挂着一丝微笑,但看上去有点儿像要哭："没什么特别的事,只想跟你聊聊天。"我内心的疑惑一定全写在了脸上,夏塔尔连忙补充,"与工作无关,只想随便聊聊。前两天我整理公司职员档案,看到你刚来时填的履历表,其中'你最喜爱的作者是谁？'一栏,你填的是奥斯丁。这太有意思啦！我也最爱读奥斯丁的书！"说着话,她无意识地摘下了眼镜。那是我第一次看到不戴黑框眼镜的她。其实她并不丑,有一双蒙眬的大眼睛,脸部的线条也很柔和,如果体重增加10公斤,完全可以变成一个有魅力的女人。

我们一边吃一边聊,主要是夏塔尔说,我礼貌地听着。她问我："你好像也是单身吧？"我淡淡地笑答："就算是吧！我的男朋友在外省,我们只有长周末和度假在一块儿,平常各自过单身生活。"夏塔尔说："年轻的时候单身也许有意思,到老了就没那么浪漫啦！"我明白她是有感而发,便顺口安慰道："在我们这个时代,老年生活开始得很晚。只要自己愿意,七八十岁还能当年轻人！"她神色严肃地听我说,然后认真地追问："也就是说,我在你眼里还算不上孤寡老人？"我哈哈大笑起来,脱口而出："太滑稽了！50岁就算老人？不过,夏塔尔,你真该换个方式打扮自己，为什么不穿得女性化一点？"说完这话，我立刻后悔，怕自己过于唐突。只见夏塔尔轻轻点着头，不像是被刺伤了自尊心的样子，我才放了心。她说："我知道公司的同事都不喜欢我……你待人很宽厚，也许你们中国人都这样？"我只能不置可否地笑一笑。

喝过酒的夏塔尔脸色微微泛红，以往的严厉消失了，目光中透着无比的凄凉。想到平日对她的厌恶，我心中升起一阵同情与内疚，脱口而出："夏塔尔，今晚我要去看电影，你愿意一起去吗？"话一出口，我自己也吓了一跳，心里惊叫一声："我是疯子还是傻子？"夏塔尔看来很受感动："谢谢你！今晚我就不打扰你了。但我有个请求，你选一个晚上，我很想跟你好好聊聊，想更多地了解你，也想让你了解我。如果你有兴趣的话……"我连忙说："那就定在明天晚上吧！我带你去吃中国菜，好吗？"她快乐地笑了，那是我第一次看到夏塔尔真正的笑容。

夏塔尔和我吃的那顿中国餐很清淡，环境也很安静，可她向我讲述的故事却令我度过了一个极不平静的夜晚。

20 年前，夏塔尔爱上了一个高大而快乐的男人。男人名叫保罗，有妻室，与妻子分居很久了，却不能离婚，因为那女人患有精神病。在当时，不论从道义上，还是从法律上，男人都无权抛弃有精神病的妻子。夏塔尔与保罗相爱 5 年，直到保罗的妻子病故，他们终于能正式生活在一起了。

那是一个初夏的傍晚，夏塔尔的花园里开满了郁金香。保罗端了两杯冰柠檬汁走过来坐在她身旁，他向她求婚了。夏塔尔将是世界上最幸福的新娘！婚期定在盛夏之际，他们将在自己的花园中举办一个酒会，被邀请的亲朋好友共有三十多人。婚礼的前一天，夏塔尔邀母亲陪她去买酒会需要的东西，顺便去取事先订制的婚纱。按照习俗，新郎在婚礼前不能先看新娘的婚纱。保罗独自留在家里，他幽默地说："我在家好好泡个热水澡。明天就要当你丈夫了，我真有点儿紧张！"

母女二人有说有笑地出了门。她们花了整整一个下午的时间购物，然后还喝了茶，直到傍晚才回家。夏塔尔拎着大大小小的袋子，兴高采烈地进了家门，叫保罗来看她们的成果。她喊了几声，无人回应。她到楼上的睡房和书房去找，仍看不到保罗的影子。家门没锁，保罗的车停在门前，他肯定没出门。夏塔尔正要去后花园找，母亲对她说浴室的门仍反锁着，莫非保罗还在里面？夏塔尔去敲浴室的门，没有回音。她开始着急了，越来越用力地敲门，还是没动静，她的脸色变得苍白，要去拿工具撬门。母亲拦住她，打电话报警。10分钟后警车和急救车都到了。夏塔尔浑身剧烈颤抖，瘫坐在椅子里。母亲去开了门，并向警察和医生简述了情况。两位中年男人十分沉着地交换了一个眼神，医生坐在夏塔尔身边，握着她的双手，轻声地说："太太，冷静一些……"警察果断地撞开浴室的门：保罗光着身子躺在地上，双目微睁，手里还紧握着一条浴巾……

夏塔尔至今保留着她那从未穿过的婚纱。保罗的葬礼那天，夏塔尔曾试图服安眠药自杀，被母亲及时发现，抢救了过来。保罗去世的一年后，夏塔尔曾多次被警方传讯，因为她是房子的主人，浴室的热水器是她请人安装的，如果保罗的死因与煤气中毒有关，那么房主和安装人员都要承担法律责任。经过漫长而烦琐的法律程序，热水器被证明没有任何质量问题，保罗的死因与当初医生的诊断一致：死于心肌梗塞。夏塔尔这才避免了遭到起诉的磨难……

"你看，我的生活是一堆残破的碎片！我之所以继续生存下去，是因为我不忍心再让年迈的母亲痛苦。我是她的独生女，我走了，她怎么办？"夏塔尔讲述这一切时的语调是平静的，好像是在讲别人的故事。这份冷静让我心痛，我伸出自己的双手将她的手紧紧握着。

我让侍者上了一杯西湖龙井。夏塔尔一边品茶，一边说："这茶的清香给人某种超脱之感。生命是如此虚无，如此脆弱，却又如此难以摆脱。"

那天夜里我久久不能入睡，干脆起身拿出一包新茶，又找了一张茶绿色的信纸，在上面写下两行字：

"也许我们都无力与命运抗争，但我们至少可以让生命充满温馨。人间有一种情感，就像这淡淡的茶香，虽然清淡，却透人心扉，它的名字叫友谊。"

第二天早上，我提前到公司，照例将打印的文件放在夏塔尔的办公桌上，还在上面放了那包茶和一个茶色的信封。我知道，再过5分钟，夏塔尔会走进她的办公室，在开始工作之前，她会看到那包茶和那封信，会拆开信封，读那两行手写的字，然后打开茶盒，闻那淡淡的幽香。

感恩提示

通过文章的讲述，我们看到夏塔尔是一个极其不幸的女人，她苦等了多年的爱人，就在即将与她结婚的前一天突然病逝，永远离开了她。婚礼变成了葬礼,原本触手可及的幸福,转眼间支离破碎,她因此受到了极大的刺激,再难以像从前一样健康快乐地生活,她的生命变成了残缺的碎片。正是因为这个原因,她把自己封闭起来,性格变得孤僻,别人也因此觉得她分外讨厌。由于都喜欢同一位作家,夏塔尔请自己的下属吃了顿午饭,没想到却就此打开了她们彼此之间交流的通道。面对文章里"我"的宽厚和友好,夏塔尔终于倾诉出了埋藏在内心多年的那个秘密,她也同时得到了友谊的关怀和抚慰。是啊,在生活中,每一个人都难免会遇到不幸,越是不幸的时候,人就越需要友谊。友谊或许只是像文章里说的茶香一样,淡淡的,若隐若现。但它却如同丝线一般,可以将两颗原本疏远的心连在一起,将遭受不幸者的那些生命的碎片连在一起,合成一个新的完整的人生。

(王 嘉)

这时,我真切地感受到了,她那手机里发出的国歌声,在她的生命中是多么重要!

异乡的国歌声

◆房向东

那天,我们先是去了格林尼治天文台。回来的路上,转弯到一家叫"金筷子"的中餐馆吃午饭。

一路上我们都是在中餐馆用餐,都是五菜一汤。这是导游安排的结果。虽然人在欧洲,仿佛依然吃在福建。中餐馆的老板大多和我们在国内见到的餐馆老板并无二样,脸上油腻,身子肥肥的。我们还碰到一个福建长乐的老乡,为了表示对我们的欢迎,他不加菜,却加了若干"段子",逗得我们喷饭。

"金筷子"是一个女老板,三十五六岁模样,齐耳短发,头发柔柔的;脸不大,眼睛却特别大,那眼睛弥漫着伦敦的雾,有点儿迷惘,有点儿忧伤。她穿着黑长裙，白汗衫，素素的。和平常用餐没有什么两样，她先是为我们上了茶，接着上饭上菜了。

边吃饭边聊天。三句话不离本行，我们聊起了写《哈利·波特》的伦敦女作家罗琳。这时，女老板凑过来问了："你们几个，是什么团呀？"我们告诉她是出版方面的。她"哦"了一声，分别为我们面前的小碗盛了汤，说："罗琳先前也常到这里吃饭。她本来也没有什么钱，为了带好小孩，动了给孩子写故事的念头，一写就成功，现在名声大了。"她似乎对我们是搞出版的来了兴致，话稍多了几句，淡淡地说："我在出版社的大院里长大，继父在那儿当美编，他叫李××。"我说："是他呀，还是一个名人。常买他们图书的人，肯定知道李先生。"这似乎有点儿出乎她的意料："是吗？他还这么有名呀！"我仔细瞧了她一眼，她说不上漂亮，然而有一种气质在，是那种有一定文化层次的未婚大龄女性所特有的气质，有点儿冷，有点儿无奈，仿佛还有点儿渴求。

这时，突然响起了中华人民共和国的国歌声。我们几个全都抬起了头，先是对视一眼，接着就寻找声音发自何处。在伦敦，还能听到我们的国歌？原来，是从女老板的口袋里发出的声音——是她的手机响了。她的手机铃声设置为我们的国歌！她到一旁接电话了。

在国内每天听这支歌，可从来没有像今天这样具有如此特殊的震撼力。这音乐，强烈地撞击着我的心灵。一时间，我们几个都沉默不语了。

接完电话，她过来又为我们每人加了一小碗汤。我们问，你的手机中怎么会有国歌声呢？她说："想家，特地灌进去的。"

我品味着她的"想家"二字，还品味着"金筷子"这个店名，筷子，是中国才有的，"筷子"却是"金"的！中国的筷子，在她心中有多大的分量啊！

过了一会儿，我问："最近有没有回国内看看？"她说："去年春节回北京了，什么人也没找，3天都打着车在街上转……"

北京，是她长大的地方，有同学、亲人、熟人，她却谁也没见。也许，她的爱遗失在北京的某个公园，遗失在依然款款而流的水中？

还是她打破了沉默："我给你们加一道菜吧。"一会儿，她送来了一盘青菜，这是我们欧行路上唯一的一次加菜，虽然只是一盘青菜。

我们走了。女老板把我们送到门外，神情恋恋的，又把我们送到了停车场。起风了，我们要上车了，请她回去。她说："一路上要多加小心啊，过马路要小心啊。英国的方向盘在右边，和国内的不一样，过马路要先往右边看，不是像国内那样朝左边看啊！"她的语气，像母亲送孩子上学，像妻子送爱人远行……她是一个多么善感的人啊，我们点着头，却什么也没说，用眼神和笑容向她告别。这时，她的手机又响了……

所有的中国人都远去了，只有她留在这伦敦的风中。这时，我真切地感受到了，她那手机里发出的国歌声，在她的生命中是多么重要！

感恩提示

离开自己的国家，漂泊到异国他乡的人们，不论他正在做着什么，也不论他是否做得成功，有一种牵挂始终魂牵梦萦，无法割舍。这种牵挂，就像是飞在天上的鸟儿对温暖巢穴的依恋；这种牵挂，就像是一片绿叶，对深扎在泥土中的树根的情谊；这种牵挂，正是一个游子对自己祖国的深情厚谊……

正是因为有了这样一份牵挂，一份难以割舍的情感，那位在异国成功地经营着一家餐馆的女子，将自己的手机铃声设置成了高亢激昂的国歌。相信，当国歌一次次响起时，游子的心中定然会波澜壮阔，充满了对祖国的思念和热爱。毫无疑问，那国歌里流动着的正是游子生命中的旋律。此时此刻，作为一个中国人，一个在异国的领土上开办餐馆的中国人，她代表的已经不仅仅是自己，而是整个国家和所有中国人。她内心流动的情感是所有中国人相通的情感。那正是一个人生命中最强劲的乐音，最辉煌的旋律。不论走到哪里，不论在做什么，这种动人的旋律都会始终回荡在我们的内心深处。

（王　嘉）

他抬起胳膊，把那个塑料袋伸到了玛丽的面前。我顿时屏住了呼吸，一动不动地注视着这关键一幕……就在那一刻，我眼中的那个小流氓一下子不见了，我看到了我希望看到的东西。

一个红钱包

◆ 李　威/编译

　　我深深地懂得这样一个道理，那就是我们不应该去妄判他人。但是，一提到肯尼，我就发现要做到这点确实不容易。

　　我是一名夜班的主管护士，我的工作之一就是对在这所康复医院工作的人员的表现和业绩进行评估和考核。

　　肯尼是一位新来的员工。虽然他工作干净利落，严守纪律，而且还相当能干，但是，我却并不喜欢他。肯尼看起来像是个小流氓。他言语粗鄙，举止恶俗，而且走起路来就像是一个拳击手一样摇摇晃晃。他的表情严肃冷漠，不苟言笑，就像是银行金库那冰冷厚重的铁门似的。他好像是在竭尽全力且又小心翼翼地掩饰着那种想要融入我们这所康复医院那高素质的职业队伍的愿望。

　　来我们这儿的病人绝大多数都患有不治之症且已到了晚期，或者就是一切疾病中最厉害最无药可救的，那就是衰老。他们来到我们这儿的时候，几乎就已经形同废人，不但不能行走，而且身体还极度虚弱；不但头脑一片混沌，而且还精神沮丧，再也不能去真正地感知世界了。

　　玛丽•B 就是这样一个人。她今年 94 岁了，身体非常虚弱，就好像是一张在风中摇曳的蛛网一般，她比她的丈夫和姐妹们都长寿。

　　不仅如此，玛丽•B 还有一个一直困扰她的问题，就是她总是认为有人拿走了她的钱包。而她呢，则不论白天还是黑夜，总是在寻找着，并且从未曾放弃过。当她的行动受到医护人员的限制不能到处乱跑的时候,她则会把她的轮椅摇到房间的门口,在那里她可以拦住每一个从走廊里走过的人。

"我的钱包丢到哪里去了呢?我的钱包丢到哪里去了呢?"

几乎每一天,玛丽·B都会不停地问这样一个相同的问题。开始的时候,人们还都满怀同情地听她诉说,但是到了后来,就再也引不起人们的注意了。

我们都知道玛丽根本就没有钱包。但出于仁慈和关心,我们大多数人还是会巧妙地安慰她说:"放心,玛丽,如果我看到你的钱包,我一定会拿给你的。"

不错,我们中的大多数人都会这样说的,但是,只有一个人例外。他,就是肯尼。每次他不但耐心地倾听玛丽那千篇一律的诉说,还会和她聊上一会儿。

"他究竟想干什么?"我的第一个怀疑就是他之所以到这儿来工作可能是想偷麻醉药;而且,我断定肯尼要把玛丽拖进他策划的事件中去。对这个猜测,我深信不疑,于是,我在麻醉药供应部加设了安全监控设施。

一天下午,就在晚餐开饭之前,我看到肯尼手里拎着一个专门装食品杂货的塑料袋,正沿着走廊向玛丽走去。很明显,塑料袋里装着东西。

"哼,果然不出所料!"我好奇地在暗地里跟随着他。

在他接近玛丽的时候,他突然回过头来,目光越过他的肩头,向身后张望着。见四周没人,他才又回过头去,注视着玛丽。然后,他抬起胳膊,把那个塑料袋伸到了玛丽的面前。我顿时屏住了呼吸,一动不动地注视着这关键一幕……直到肯尼从塑料袋里掏出了一个红色的钱包。

玛丽抬起她那苍老而又瘦骨嶙峋的手,就像一个饥饿的孩子拿起面包似的,一把就将那个红色的钱包抓了过来。她紧紧地抓着它,只是呆呆地注视着,片刻之后,她又把它紧紧地贴在她的胸口,摇着,晃着,就像是在摇晃一个婴儿似的。

这时,肯尼再一次转过身来,敏锐地环顾了一下四周。看到周围没有人在注意他们,他的脸上不禁流露出了欣慰的神色。接着,他弯下腰去,解开钱包的扣子,从里面拿出了一把红色的小梳子,一个小小的存放硬币的钱包,还有一副小孩子玩的玩具眼镜。

顿时,喜悦的泪水泉涌而出,恣意地流满了玛丽的脸颊。不管别人怎么认为,至少,我是这么认为的;而且,我的脸上也流满了泪水。

肯尼轻轻地拍了拍玛丽的肩膀,然后沿着走廊向他工作的地方走去。我低下头，默默地祈求上帝宽恕我……

那天，就在快要交班的时候，我走到了那扇护士的助手下班时通常都要经过的门旁。不大一会儿，肯尼拿着外套和收音机沿着走廊蹦蹦跳跳地走来了。

"嘿，肯尼，"我叫住他，问道，"在这儿工作感觉怎么样？你喜欢这份工作吗？"

肯尼惊讶地注视着我，然后，耸了耸肩，咕哝道："这是我迄今为止最喜欢的工作。"

"呃，对了，你有没有想过到大学里去学习护理，将来做一名注册护士？"

肯尼不以为然地"哼"了一声，道："您是在开玩笑吧？我是不会有那样的机会的。您不知道，如果护士的助手这门课程不是免费的，我也不可能得到这份工作。"

我知道他说的这些都是事实。

"对我来说，要想去上大学，除非有奇迹发生。"肯尼一边放下收音机，穿上外套，一边说道，"您知道，我爸爸是一个无业游民，而我妈妈又吸毒。"

我始终微笑着。直到他说完的时候，我才说道："奇迹正在发生。如果我能想到办法为你在学费上提供帮助的话，那么你愿意去上大学吗？"

闻听此言，肯尼惊呆了，他满怀狐疑地大睁着双眼凝视着我。就在那一刻，我眼中的那个小流氓一下子不见了，我看到了我希望看到的东西。

"愿意！"他答道。虽然，他的回答只有这两个字，但是却已经足够了。

"晚安，肯尼，"当他走近门把手的时候，我对他说道，"你的事情，我敢肯定会有办法解决的，放心吧。"

不仅如此，我还敢肯定，此刻，在医院西区的 306 号房间里，玛丽·B 一定正静静地睡着，而她的双臂一定正紧紧地环抱着那个红色的钱包……

感恩揭示

对于那位 94 岁高龄的玛丽·B 来说，经常出现在她脑袋里的那只钱包其实只不过是一种病态的妄想。这种情况，医院里所有的人当然都一清二楚。于是，面对玛丽·B 一次又一次的询问和讲述，大家往往都采取了敷衍了事的态度。只有新来的小伙子肯尼表现得与众不同，他不仅一次次耐心地倾听玛丽·B 的讲述,而且还按着老太太的描述弄来了一只相同的红色钱包。当小伙子将钱包交到老太太手里时,钱包里装着的除了"一把红色的小梳子,一个小小的存放硬币的钱包,一副小孩子玩的玩具眼镜"之外,无疑还有一种莫大的安慰。这种安慰是无价的,它正是小伙子肯尼亲手带给老人的。而当主管护士亲眼目睹到这个感人的场面时,她作出了一个推荐肯尼去读书求学的决定。是的,此时此刻,我们知道钱包里装的东西又发生了变化,从对老太太的安慰变成了肯尼的未来和希望,那无疑是对他善良和爱心的一种回报。　　　　　　　　(王　嘉)

原来她一直是以法兰西的习惯来要求我,原来她真的是把我当成了自己的亲生女儿来对待。塞尔玛,我朝她飞奔过去,我要和她来一个深深的拥抱。

最温暖的拥抱

◆ 于筱筑

　　我一直说不准房东塞尔玛的年岁到底有多大。但是从她最小的儿子都已三十出头来推论,我估计她最少已经年过六旬。尽管她脖子上的皮肤已经皱得比老树皮还老,但她的双眼却是炯炯有神。

　　我和塞尔玛是通过一个学姐认识的。当时我刚到法国,一下飞机,学姐就把我接到了塞尔玛家里。当时塞尔玛正坐在旧式法兰绒沙发上晒太阳,看到我们便很亲切地过来拿行李,微笑着对我说欢迎。然后带我上楼看房间,告诉我她几个儿女都不在身边,要我把这当成家。我感动得差点儿热泪盈眶。

　　可是一个星期后我就想搬走了。因为我实在无法忍受塞尔玛的独断和自私。她把家里的电话用一个大盒子锁起来,限制我每天洗澡不得超过 5 分钟;更有甚者她还限制我炒菜,理由仅仅是因为她不喜欢油烟。我只能跟着她一起土豆土豆再土豆。而且可能因为寂寞，她居然在家里养了三只猫，两只狗。尽管我极力收拾，但还是满屋子的猫屎狗粪。

我气愤极了，但我还是没有搬出去。相比8欧元一斤的番茄和15欧元一斤的苹果，一个月的房租40法郎，打着灯笼也找不到这么好的事了。

人在屋檐下，不得不低头，我每天都这样安慰自己。可是事态并没有像我期待的那样走向平和。每天晚上我打工到12点才能回来，她又多了一条禁令：不许我开灯。当我那天晚上一脚踏上一坨猫屎时，我发出了一声尖叫。接着，穿着睡裙的塞尔玛便从卧室里冲出来，大声指责我影响了她休息。

我委屈极了，翻来覆去都睡不着。可是第二天一大早，她就开始用她那个破破烂烂的录音机放迪斯科。

一个星期六，我向塞尔玛借了她小儿子那台旧电脑，却发现显卡有些问题，于是我特意叫了一些学计算机的同胞来帮我修，可是塞尔玛一直站在门边，不肯出去。晚上我跟塞尔玛说，我要打电话。她却突然对我说，他们有没有换走电脑里的硬件？

我呆了，她竟然这样不相信我。所有的委屈一下子爆发了，我对着她大叫："塞尔玛，中国人绝对不会做这种事！"然后我在给妈妈的电话里号啕大哭，泪如雨下。塞尔玛一直看着我，然后递给我一块毛巾，我看都不看她。她叫我，她跟我说对不起，她说她误会了，中国人很优秀。我看着她撅着嘴，像个做错事的小孩。我止住了哭，但我还是拒绝了她的拥抱。我说，请叫我乔安娜。因为我实在不忍心听她用我的母语把我的名字叫成愚小猪，然后我破涕为笑。

那个晚上，塞尔玛破天荒让我下了厨房。她尝了我煮的面条之后，赞不绝口。她说以后准许我下厨房，可以开灯。她的笑让我如沐春风，以为今后的日子可以和平相处了。

可是第二天，我在浴室里多待了一会儿，她又来敲门。

我郁闷极了，一个人跑出去。附近的圣坦尼斯拉广场天空蔚蓝，一切都保留着中世纪的风格。教堂里做弥撒时悠远的钟声，天空飞过的鸟群，带给人无与伦比的宁静。可就在我回家的时候，被飞驰而过的摩托车刮倒了。我的腿疼极了，我挣扎着爬起来，惊慌失措，下意识地就拨通了塞尔玛的电话。有那么一瞬间，脑子里闪过一个念头——我想她也许不会理我。可是不一会儿我就看到了塞尔玛急赶而来的身影。

羞愧于自己的自私和小心眼儿，躺在病床上的我难受极了。虽然只是骨折，可是我没有办医疗保险，这在法国是要付一笔极其昂贵的医药费的。坐在旁边的学姐一直在安慰我，说医药费没关系，大家会想办法的。

我问她，塞尔玛呢？

她摇摇头，笑着问我，你不是不喜欢她吗？

可是关键时候，还是她把我送到医院的呀。

出院手续是学姐给我办的。我正不知道该如何报答的时候，她却说要带我去广场见一个人。

春光明媚的圣坦尼斯拉广场，阳光正好，生命正好。我突然看见空旷的广场那一边，塞尔玛穿着鲜红色的衣服在跳舞。她的身后是那个破破烂烂的录音机，而她的面前，是一沓零钞和一张纸牌，纸牌上面赫然写着几个大字：帮帮我的中国女儿。

霎时，我的灵魂被击中了。

学姐轻轻地告诉我，出院手续其实是塞尔玛帮我办的。她一直严厉地要求她身边的孩子，而正是由于她严厉的教育和在生活上的一丝不苟，她的三个孩子一个已经是巴黎市的高级法官，另外两个都是议员，深受市民爱戴。

难怪她只要我付那么低的房租，难怪她要我把这儿当成家，难怪她会在关键的时刻为我筹钱，原来她一直是以法兰西的习惯来要求我，原来她真的是把我当成了自己的亲生女儿来对待。

塞尔玛，我朝她飞奔过去，我要和她来一个深深的拥抱。

🐰 感恩揭示 ⣿

不同民族不同国度里的人们，表达感情的方式往往也有很大的差异。比如这篇文章里的房东塞尔玛，在彼此之间存在隔阂时，她对"我"的关心和爱护，在"我"看来更像是刻薄习钻甚至是侮辱。同样作为东方人，我们不妨设身处地地想一想，那一个个古怪的要求和条件，在我们东方人眼里都很难被理解和接受，甚至会逼得人忍无可忍不得不愤怒发作。但"我"被摩托车撞伤后，两种不同的感情方式终于和谐地融入了一处。原本无法互相理解的心，终于跳动出了同样的旋律。表面上看似刁钻的塞尔玛不仅在接到电话后立即赶过来，将"我"

送到了医院,而且为了给"我"治伤,竟然站在众目睽睽之下用表演的方式来进行募捐。当"我"目睹到这个令人感动的场面时,瞬间就被深深地打动了,也一下子理解了塞尔玛所作所为的良苦用心。是的,或许好多时候人与人的生活习惯和情感表达方式都不同,但爱却是相同的。

(王　嘉)